Wolfgang Herrndorf

Bilder deiner großen Liebe

Ein unvollendeter Roman

Rowohlt · Berlin

Herausgegeben von Marcus Gärtner
und Kathrin Passig

1. Auflage September 2014
Copyright © 2014 by Rowohlt·Berlin
Verlag GmbH, Berlin
Alle Rechte vorbehalten
Satz Dolly PostScript (InDesign)
Gesamtherstellung CPI books GmbH, Leck
Printed in Germany
ISBN 978 3 87134 791 7

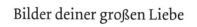

Bilder deiner großen Liebe

1.

Verrückt sein heißt ja auch nur, dass man verrückt ist, und nicht bescheuert.

Weil das viele Leute denken, dass die superkomplett bescheuert sind, die Verrückten, nur weil sie komisch rumlaufen und schreien und auf den Gehweg kacken und was nicht alles. Und das ist ja auch so. Aber so fühlt es sich nicht an, jedenfalls nicht von innen, jedenfalls nicht immer.

Es macht einem nur wahnsinnig Angst, wenn man merkt, dass man gerade auf den Gehweg kackt und weiß, dass das nicht üblich ist und dass so was nur Leute machen, die verrückt sind, und diese Angst macht, dass es einem auch wieder ganz gleichgültig ist, was die anderen denken, ob die jetzt gucken oder nicht, weil man in dem Moment wirklich andere Probleme hat. Und mein Problem war eben, dass ich langsam wieder verrückt wurde.

Es war nicht das erste Mal, deshalb wusste ich schon, wie das läuft und dass das in Schüben kommt. Für wer sich das nicht vorstellen kann: wie Hunger oder Durst, oder wenn man ficken will. Das kommt ja auch in Schüben. Und nicht immer, wenn's einem passt. Und da stehe ich jetzt im Garten, vier hohe Ziegelsteinmauern um mich rum. Eltern sind weg, Ärzte und Pfleger auch gerade weg, und vor mir ein riesiges Tor aus riesigem Eisen.

Die Blumen blühen. Die Blumen, die der Depri mir gezeigt hat mit seiner Depribegeisterung, was schlimm ist. Alle Depris versuchen immer sofort, dich in ihre Deprischeiße reinzuziehen. Aber die Blumen sind okay und können nichts dafür, wer sie gut findet. Sie haben sich das nicht ausgesucht. Wenn sie es sich aussuchen könnten, würden sie vielleicht mich aussuchen. Und darüber denke ich seit zwei Stunden nach. Und am Himmel die Sonne, mein schöner Freund.

Ich hebe also den Arm und zeige mit der Hand nach oben, sodass mein rechter Daumennagel genau den Rand der Sonne berührt, damit sie nicht mehr weiterwandert. Und da wandert die Sonne nicht mehr weiter, und die Zeit steht still. Das ist leicht. Und auch das ist leicht: Mit sanftem Druck des Fingernagels schiebe ich die Sonne Millimeter für Millimeter zurück, und da weiß ich: Am Anfang war die Kraft. Isabel, Herrscherin über das Universum, die Planeten und alles. Wenn ich will, dass die Sonne steht, steht die Sonne. Wenn ich will, dass das Eisentor aufgeht, dann geht das Eisentor auf. Und im selben Moment geht es auf.

Ein Lkw fährt durch, und ich hinter dem Lkw vorbeigehuscht und raus.

So schnell kann keiner gucken. Aber es guckt eh keiner. Draußen ist dann auch alles gleich viel besser. Es ist nicht finster, sondern alles wie immer. Und wie ich das sehe, dass alles wie immer ist, bin ich selbst gleich wieder wie immer.

Nur dass ich keine Schuhe anhab. Als mir das auffällt, ziehe ich auch die Socken aus. Ich brauche keine Socken, wenn ich keine Schuhe hab. Oranger Mülleimer und weiter.

Was ich dann noch anhab, ist die Hose mit Camouflage-Muster und das weiße T-Shirt. In der Hose vorne links die zwei Tabletten, die ich unter der Zunge rausgenommen hab, hinten links mein Tagebuch und vorne rechts ist auch noch was. Das weiß ich, ohne nachzugucken. Aber ich weiß nicht, was, und ich gucke auch nicht nach.

Eine Weile lang macht mir das das Gehen schwer. Um ehrlich zu sein, ich kann nicht atmen. Wie ein riesiges 16-Tonnen-Gewicht hängt das an meiner Hüfte. Aber dann sage ich mir, dass ich ja auch nicht nachgucken *muss*. Dass das ja meine Entscheidung ist, ob ich die rechte Hand in die rechte Tasche stecke oder nicht. Und da wird es sofort viel besser, und während ich noch die Böschung raufrenne und über die zwei Leitplanken hinweg, freue ich mich schon wieder. Nämlich, was für ein großer Spaß das wäre, wenn ich nachgucken würde, und dass ich mich groß selbst überraschen könnte, wenn ich wollte. Aber erst mal will ich nicht.

2.

Als ich die Hand raushalte, bremst in derselben Sekunde ein Auto. Vorn auf der Windschutzscheibe ist ein gelber Aufkleber mit einer lachenden roten Sonne drauf. Ich zeige mit dem Daumen auf den Aufkleber und sage: «Ich habe die Sonne angehalten», und die Fahrerin nickt und lacht und hält mir sofort einen Vortrag über den Unterschied von Kernfusion und Kernspaltung, über die Gefahren der Stromerzeugung, über Kohlekraftwerke und Tschernobyl, über Ehen in Harrisburg, Mesmerismus und Jakob von Gunten, und da schlafe ich ein.

Ich erwache von dem schweren Gewicht an meiner Hüfte und davon, dass die Frau ihre Hand zwischen meinen Beinen hat.

«Das müssen Sie nicht», sage ich. Sie macht es trotzdem, und ich habe den Eindruck, das ist gar keine Frau. Sie hat einen vollkommen asymmetrischen Haarschnitt und ein Gesicht, das man nicht beschreiben kann, weil es kein Merkmal besitzt. Und da steige ich aus und gehe in den Wald.

Ich nehme eine Tablette, um zu testen, was die macht, aber die macht nichts, und dann laufe ich bis tief in die Nacht und noch weiter und bis zum ersten Lichtschein und weiter. Ich schlafe bei Tag und gehe bei Nacht. Ich sehe die Sterne. Im Wald sind keine Sterne, über den Feldern sind Sterne und Kometen. Wald, Feld, Wiesen und Wege.

Ich steige über elektrische Zäune und Stacheldrahtzäune oder krieche unter ihnen hindurch. Ich verdrille die Drähte oben und unten und steige durch die Raute. Ich gehe immer genau geradeaus. Wenn drei Meter neben mir ein Gatter ist, gehe ich da hindurch. Wenn es dreißig Meter entfernt ist, steige ich über den Zaun. Ich halte inne und sehe in einer Pfütze die Sterne sich spiegeln. Sie tanzen und zittern und kommen zur Ruhe. Regulus steht im Westen, später steht Arktur im Westen, dann Gemma, M13 und Wega. Ich gehe zwischen den stummen Schatten der Kühe und Pferde hindurch, im Kreis der Gespenster, im Heer der Namenlosen. Ich fühle scharfen Kies unter den Sohlen. Ich sehe keinen Mond. Wenn ich Lichter sehe, laufe ich einen großen Halbkreis. Die meisten Dörfer sind dunkel.

Ich weiß nicht, warum ich keine Schuhe anhabe. Die ersten Schuhe, an die ich mich erinnern kann, waren Schuhgröße 29. Seitdem sind Jahre vergangen. Ich laufe barfuß durch den Nebel, trete in Pfützen und trinke das brackige Wasser. Schwankend erreiche ich am zweiten Morgen den goldenen Berg. Ich nenne ihn so, weil er rund ist und von einer Haube aus Weizen bedeckt. Von oben sehe ich über das Land und bin müde. In meinem Innern wüten eiserne Zangen. Ich versuche zu schlafen und kann es nicht. Ich versuche weiterzugehen und kann es nicht. Ich konzentriere mich auf die Sachlage und komme zu dem Ergebnis, dass ich Hunger habe.

Ich nehme einen Stein und einen Stock und stolpere in das Dorf, das hinter einem Wald war und jetzt vor mir liegt.

Es gibt zwei kleine Geschäfte. Beim größeren schmeiße ich den Stein durch die Scheibe und schlage mit dem Stock die Splitter aus dem Rahmen. Trotzdem schneide ich mir beim Reinklettern die Fußsohlen auf. An der Kasse greife ich eine große Tüte mit Henkeln und packe blind alles hinein. Die Tüte reißt, und ich stecke sie in eine größere Tüte. Die größere Tüte reißt auch, und ich stelle sie in einen Henkelkorb aus Plastik. Ich stoße das Regal mit den Schokoriegeln um.

Auf der Straße kann ich vor Schmerz kaum laufen. In zwei Fenstern ist Licht angegangen. Ich sehe einen Schatten, der das Licht löscht, um besser sehen zu können. Wie ein Buckliger renne ich mit dem Korb in die Felder und zurück zum goldenen Berg. Nach einer Weile spüre ich keinen Schmerz mehr, weil meine Lippen blutig gebissen sind. Ich wälze mich im Korn, um ein Bett zu machen. Mir ist übel. Ich schütte den Korb aus, reiße eine Packung Choco Leibniz auf und trinke einen halben Liter Selter. Nach einer Weile verschwindet die Übelkeit, und ich schlafe ein.

3.

Das mit dem Fenster tut mir übrigens leid. Ich denke, wenn ich reich und berühmt bin, werde ich zurückkommen und den Schaden ersetzen. Vielleicht werde ich sogar für alle ein Fest veranstalten. Ich sehe den Himmel, ich warte auf den Adler. Mein größter Wunsch ist es, später beim Fernsehen zu arbeiten. Eine Cousine von mir ist da, sie macht eine Quizsendung. Die Leute erkennen sie auf der Straße.

Am Morgen weckt mich ein Traum. Die rote Sonne scheint durch ein Gitter aus Halmen, auf meiner Schulter sitzt ein Weberknecht. Ich denke darüber nach, worüber er nachdenkt. Ob er die Sonne zwischen Halmen so sieht wie ich. Ob er spürt, dass ich ein Lebewesen bin. Dass er auf einem Lebewesen steht, das hundert Mal mächtiger ist als er. Ob seine Synapsen ihm mitteilen, dass er Angst haben sollte. Ob er überhaupt Synapsen hat. Ich weiß es nicht, und er schwankt davon wie einer, der so eine Ahnung hat.

Ich schließe die Augen. Ich schlafe weiter.

4.

Ich habe schon immer im Freien übernachtet. Einmal brachte mein Vater ein Zelt mit nach Hause. Es war nicht mein Geburtstag, es war auch nicht Weihnachten. Es war einfach so. Ein billiges Zelt von Aldi, der Stoff gelb und lila, ich habe mit meinem Vater das Zelt im Garten aufgebaut, und dann haben wir darin übernachtet. Das war schön.

Meine Mutter meinte, wir wären verrückt geworden. Denn es war Frühling und noch kalt in den Nächten. Aber mir war nicht kalt. Ich bin in den Schlafsack meines Vaters gekrochen, und da war es warm, und ich war geborgen. Er hat gesagt, dass ich niemals Angst haben muss im Leben, und dann kam meine Mutter und hat uns zwei Schälchen mit Nüssen hingestellt, hyvää yötä, kauniita unia, und wir haben die Nüsse gegessen, das war das Größte, und wir haben den Reißverschluss hochgezogen und den Mückenschutz geschlossen, dann wurde es dunkel. Mein Vater hat seinen Arm um mich gelegt, und ich habe meinen Arm um seinen mächtigen Brustkorb gelegt, das war vor fünf oder sechs Jahren.

Danach habe ich fast jede Nacht draußen geschlafen. Das durfte ich natürlich nicht, aber ich hatte einen Trick. Jeden Abend vor dem Schlafengehen habe ich den Fensterhebel hochgedreht und den Rahmen ein paar Zentimeter angedrückt, sodass ich in der Nacht lautlos hinauskonnte, und dann bin ich ins Zelt geschlichen, fast den ganzen Sommer lang. Und auch, als das Zelt abgebaut wurde, dann einfach mit dem Schlafsack unter die Büsche. Und da habe ich unter den Büschen geschlafen und geträumt, dass ich unter den Büschen schlafe und träume, und morgens, beim ersten Licht und Tau, bin ich schnell zurück durch das Fenster gestiegen und heimlich in meinem Bett erwacht. Das habe ich mir nicht eingebildet. Dafür gibt es auch Beweise. Und seitdem gibt es zwei Welten, die dunkle und die andere. Das ist jedenfalls meine Meinung, und ich muss wohl nicht dazusagen, dass die Ärzte anderer Meinung sind.

5.

Ich liege auf dem Rücken. Aus dem Tal dringen Geräusche zu mir herauf. Eine Motorsäge, eine lachende Frau, eine Amsel, ein Auto, Schulkinder. Eine Bustür atmet aus. Und wieder die Amsel, nun näher bei mir.

Ich sehe den Wolken hinterher und untersuche meine Fußsohlen. Die Schnitte sind nicht so tief, wie ich gedacht hatte, aber sie tun noch weh und haben stark geblutet. Weil ich das Mineralwasser ausgetrunken habe, wasche ich Blut und Dreck mit Fanta von den Füßen und beschließe, den Tag hier liegen zu bleiben bis zur Nacht. Ich habe noch mehr Choco Leibniz und Marmelade und Nutella und Knäckebrot und Snickers und Erdnussflips. Ich werde ganz klar im Kopf, morgenlichtklar. Universum hier, Isa hier, alles, wo es hingehört. Ich denke nicht nach. Ich schlafe.

Am Nachmittag kommt ein Mähdrescher und zieht seine Bahnen, von einer gelben Staubwolke umhüllt. Aber nicht auf meinem Feld, auf einem anderen. Als das Motorengeräusch verschwunden ist, stehe ich auf und falle um vor Schmerzen. Nach zehn Minuten stehe ich wieder auf.

Die nächsten Tage passiert nicht viel. Ambosswolken türmen sich auf und verschwinden ohne Laut. Die Sterne wandern, und ich wandre auch.

Eine Weile noch bluten meine Füße. Dann bluten sie nicht mehr so stark. Wenn ich müde bin, baue ich eine Matratze aus Gras und lege mich ins Gras, und da bin ich dann.

6.

Als sich der Morgennebel in meinem Kopf und über den Wiesen aufgelöst hat, stehe ich vor einem Fluss. Der Fluss scheint kaum breiter als ein Steinwurf. Ich werfe einen großen Stein mit aller Kraft, und er fällt ins Wasser. Ich nehme einen besseren Stein, und er fällt auf Land. Ich kann nicht erkennen, wie tief der Fluss ist. Weder links noch rechts ist eine Brücke zu sehen. In weiter Ferne führt der Fluss in einen Wald. Aber ich will nicht zu weit abgehen von meinem Weg. Das Wasser ist nicht kalt, aber auch nicht warm.

Ich ziehe mich aus. Ich lege das T-Shirt auf die ausgebreitete Hose und die Unterhose auf das T-Shirt und rolle alles fest zusammen.

Nach einem Schritt steht mir das Wasser bis zur Wade, nach zwei am Knie, nach drei am Oberschenkel. Schwarze Schlammschlieren treiben hoch. Der Fluss rauscht und gurgelt. Ich halte das Kleiderbündel hoch und betrachte es lange. Dann betrachte ich das andere Ufer und wate zurück. Ich probiere es noch an zwei anderen Stellen, vergeblich.

Ich entrolle das Kleiderbündel wieder, nehme das Tagebuch aus der Tasche und lese den letzten Eintrag. Wenn ich eine Schnur hätte, könnte ich es mir auf den Kopf binden und schwimmen. Aber ich habe keine Schnur. Im Gras liegt ein Stück Plastikfolie, aber es reicht nicht, um das Papier vor dem Wasser zu schützen.

Ich ziehe die Sachen wieder an, halte meinen rechten

Arm mit dem Tagebuch senkrecht hoch und gehe Schritt für Schritt in den Fluss. Als mir einfällt, dass in meiner rechten Hosentasche auch noch irgendwas war, wovon ich nicht mehr weiß, was es war, ist es schon zu spät. Im Schatten der Sträucher und Gräser blinken die Fische. Das Wasser umspült meine Taille. An der tiefsten Stelle reicht es mir bis zur Brust. Unter meinen Fußsohlen spüre ich große, runde, glitschige Steine. Ich bleibe einige Sekunden stehen. Dann wird es langsam wieder flacher. Auf der anderen Seite lege ich das Tagebuch ins Gras. Ich ziehe die nassen Kleider aus und lege sie zum Trocknen in die Sonne. Daneben lege ich mich zum Trocknen. Ich drehe mich auf den Rücken und schreibe.

Ich schreibe: Mein Vater war Physiker, und seine Arbeit war sinngemäß für das Auswärtige Amt. Sinngemäß im Sinne von meistenteils geheim. Als er starb, wurde ich eingeschult. Die Wahrheit ist: Ich kann mich nicht erinnern. Es gibt ein Bild von mir, wo ich eine Schultüte habe, und die Schultüte ist gelb. Es gibt ein anderes Bild, wo ich mit meiner Mutter vor dem Schulgebäude stehe, neben uns sieben oder acht andere Kinder mit sieben oder acht anderen Schultüten und Eltern. Nur wo mein Vater an diesem Tag war, weiß ich nicht. Es gibt kein Bild von ihm. Vielleicht war er der Fotograf. Er wurde von einem Meteoriten erschlagen. Ich spreche nicht gern darüber. Es stand in allen Zeitungen.

Als alles trocken ist, ziehe ich mich an und gehe weiter. Kleine Gräben durchschneiden immer wieder die Wiesen.

Ich halte das Tagebuch wie einen Kompass vor mich hin. Pappelsamen schneien um mich herum, und der süße Duft der Lichtnelken strömt durch die Nächte. Ich sehe einen Wald, aus dem vier hohe Masten aufragen über die Baumwipfel. Am Waldrand steht eine kleine Hütte, die Teil eines Wanderwegs ist, wie drei eingekastelte Zeichen verraten. Ein schwarzer Gedankenstrich, eine gelbe Schlange, ein rotes Dreieck. Mein Name. Unter dem Dachvorsprung lege ich mich hin.

7.

An einer Bushaltestelle steht mein Vater. Ich erkenne ihn an dem ausziehbaren langen grauen Teleskop, das er auf dem Rücken trägt wie Jäger ihre Büchse. Er winkt mich zu sich. Er hat zwei Fahrscheine in der Hand, aber ich will nicht mit ihm fahren. Ich zerreiße meinen Fahrschein rasch in winzige Fetzen. Verzweifelt klaubt mein Vater die Fetzen zusammen und versucht, sie in aller Eile mit Tesa zu kleben. Aber als der Bus kommt, ist er noch lange damit nicht fertig, und der Busfahrer lässt nur ihn einsteigen. Ich winke meinem Vater lange nach.

Im Kreisverkehr ist ein Rasen mit sechs Buchen und einem großen Granitkegel, Lorbeer und Engel und Gewehre aus Stein. Darunter eine Liste von vielleicht dreißig Namen.

Sie starben in Erfüllung ihrer Pflicht
1914–1918
1939–1945

Viele waren ganz jung gewesen und mit achtzehn gestorben. Der Älteste, Erich Camphausen, war fünfundzwanzig. Und auch der war noch jung. Auf der anderen Straßenseite ist ein Friedhof. Ich gehe zwischen Gräbern umher. Auf zwei Grabsteinen liegen Kiesel. Mir scheint, Kinder haben sie da hingelegt, ich fege sie im Vorbeigehen weg. Dann sehe ich, dass auf ganz vielen Grabsteinen Kiesel liegen. Vor einem bleibe ich stehen.

Daniel Franz, 1918–1943?

Das Grab ist ungepflegt, vertrocknetes Zeug liegt da. Aber es steht auch ein ausgebranntes Grablicht daneben.

Fünfundzwanzig Jahre. Er hätte mein älterer Bruder sein können.

Ich rechne nach, ob er noch leben könnte heute. Er könnte. Das kegelt mich kurz aus der Spur. Aber er wäre jetzt zweiundneunzig Jahre. Was bedeutet, dass er eh bald stirbt. Oder gerade gestorben ist. Vielleicht sogar in dieser Minute. Ich sehe über die Straße auf die grauen Häuser am

Markt. Ich sehe Fenster mit versifften Gardinen und Meisenknödeln davor und stelle mir vor, hinter einem dieser Fenster liegt Daniel Franz und ist zweiundneunzig. Und hat noch fünf Minuten zu leben. Noch fünf Minuten, um seinen Meisenknödelblick zu genießen. Was hat er dann davon gehabt, nicht im Krieg geblieben zu sein wie alle anderen? Was macht es für einen Unterschied, vor siebzig Jahren gestorben zu sein oder vor siebzig Sekunden? Keinen. Die fünf Minuten sind längst vorbei. Aber dass es da keinen Unterschied gibt, kommt mir seltsam vor. Obwohl es so ist. Außer die Zeit macht einen Unterschied. Aber das stimmt nicht, denke ich, und ich denke, dass das falsch ist, was ich denke, und dann denke ich, es ist richtig, und dann denke ich, dass mein Denken falsch ist und immer falsch gewesen ist, und ich schreie.

Ich untersuche das Grablicht und lese einen Aufkleber des Herstellers. Auf dem Basalt liegt ein Steinchen, das ich einstecke.

«Was machst du da?», fragt ein Mann, der wie aus dem Boden neben mir aufgetaucht ist. Er trägt eine grüne Trainingsjacke.

«Was machst du da?», wiederholt er.

«Wozu sind die Steine?», frage ich.

«Das ist eine jüdische Sitte.» Er blickt auf das Grab. «Obwohl das kein Jude ist. Die Leute machen das jetzt überall so. Alles Idioten. Und wir müssen's ausbaden.»

8.

Ich schreibe: Die Nacht ist schön, der Nebel ist schön, der Morgen ist schön. Aber am Morgen ist alles voller Blut, das ist eklig. Seit einem Jahr geht das jetzt so. Ich versuche, einen Ärmel von meinem T-Shirt abzureißen, um mich abzuwischen, aber der Ärmel geht nicht ab. Ich versuche, Blut und Schleim mit Gras abzuwischen, das geht auch nicht. Ich laufe in den Wald.

Ich laufe auf immer kleineren Pfaden und laufe, der Wald wird immer tiefer, kein Sonnenstrahl zeigt die Richtung. Ein riesiges Wildschwein bricht vor mir aus dem Busch, stellt sich vor mich auf den kleinen Pfad, glotzt und verschwindet. Es ist unheimlich. Ich würde das Unheimliche vielleicht sogar genießen, aber ich habe Hunger. Und ich habe mich verlaufen.

Aus den Landserheften meines Großvaters weiß ich aber, wie man aus jedem Wald herausfindet, man muss nur auf die Abzweigungen achten. Wenn der Weg sich nach vorne gabelt wie ein Y, läuft man in den Wald hinein. Wenn das Y auf dem Kopf steht, geht es aus dem Wald hinaus. Der Grund dafür ist logisch, und was für russische Wälder gilt, gilt auch für hier. Nach drei, vier Kilometern bin ich aus dem Wald heraus.

Hinterm Wald liegt ein von schwarzen Bäumen und einem weißen Geländer gesäumter riesiger englischer Rasen.

Ich denke, wo ein englischer Rasen ist, muss auch irgendwo eine Wasserleitung oder ein Wassersprenger sein, und im selben Moment kommt direkt vor mir aus dem Rasen ein Wassersprenger hochgefahren und spritzt im Kreis. Richtig wundern tut mich das nicht. Es hätte mich mehr gewundert, wenn es nicht passiert wäre.

Ich lasse die Hosen runter, hocke mich auf den Wassersprenger und fange an, mich zu waschen. Ich wasche die Beine von oben nach unten, dann von unten nach oben, dann die Hände. Dann die Füße und unter den Achselhöhlen, und als ich mich gerade wieder gründlich zwischen den Beinen wasche, gehen mit einem Knall zwölf Scheinwerfer an, alle auf mich gerichtet, heller als der helle Tag.

Eine blauweiße Fußballmannschaft flankt über die Balustrade. Die Spieler dehnen ihre Muskulatur. Sie reden. Einer joggt auf der Stelle. Im Gegenlicht kann ich nicht erkennen, wie jung oder alt sie sind. Sie fangen an, um den Platz zu joggen. Die Gerade, die Kurve, die Gegengerade. Es dauert genau drei Sekunden, bis mich der Erste sieht und schreit. Dann schreien sie alle.

Bei dem Versuch, gleichzeitig die Hosen hochzureißen und loszulaufen, schlage ich der Länge nach hin. Ich springe sofort wieder auf, taumle und stürze erneut. Da hören sie auf zu joggen. Ich zerre an der Hose, aber der Stoff will nicht über die nassen Hüften. Zwanzig schreiende Idioten feuern mich an, sie johlen und pfeifen. Ein Langer zieht ein unsichtbares Fernrohr mit zwei Händen auseinander, richtet es auf mich und tut, als könne er das Gleichgewicht nicht halten.

Sie rufen Wörter, die ich noch nie gehört habe, und ich merke mir die Wörter, um sie später aufzuschreiben. Junge Männer, Jungs, sechzehn, siebzehn, zwanzig. Der Trainer in gelber Ballonseide blickt kopfschüttelnd in meine Richtung.

«Die deutsche Frauenfußballnationalmannschaft in außergewöhnlich schlechter Verfassung», ruft der Lange.

«Viel zu wenig Bewegung im Mittelfeld», ein anderer.

Ich stütze mich halb hoch und versuche, auf dem nassen Gras davonzukrabbeln.

«Garefrekes mit schweren Defiziten im läuferischen Bereich.»

Ich wälze mich herum, die Hose ist inzwischen völlig durchnässt. Ich zerre das Tagebuch aus der Gesäßtasche, werfe es dorthin, wo der Wassersprenger nicht hinkommt, und krieche auf allen vieren hinterher.

«Aber Standfußball sieht anders aus.»

Nach und nach schalten sich auch alle anderen ein, während sie, dem Gejohle nach zu urteilen, wieder langsam weitertraben. Ich versuche, mich aufzurichten. Der Trainer hält sich beim Laufen die Hände wie Scheuklappen ans Gesicht. Ich weiß nicht, ob sich das einer vorstellen kann.

Und so geht es weiter mit den Sprüchen. Auf einmal tun sie mir leid. Als ich endlich wieder auf den Beinen bin, reiße ich mit letzter Kraft noch einmal die Hosen hinunter, schwenke den Hintern und gehe langsam und zitternd und aufrecht vom Platz.

Hinter dem Vereinsheim stehen große Mülleimer. Ich finde ein Schinkenbrot und ein Stück Kuchen. Den Kuchen will ich für später aufheben, werfe ihn aber weg, nachdem ich einmal abgebissen habe. Sahne und Schokolade sind zerflossen wie Öl. Ich lecke die Hand ab.

Die Sonne hebt sich in die Höhe. Ich verkrieche mich unter einem Busch, und der Tag geht in der Stille und Hitze des Mittags vor Anker. Kein Wind, kein Laut, nicht mal die Insekten summen. Die Stunden verstreichen. Obwohl ich im Schatten liege, bin ich schweißüberströmt.

Kanakenfreund
Debilo
Insasse

Himbeermarmelade kaufen &
Brot & Butter & ein Messer
Anosognosie
du süße kleine Fickmaus

9.

Über mir steht eine schwarze Wolke. Dann wird der ganze Himmel schwarz, es fängt schlagartig an zu schütten. Mit dem Rücken an den Stamm einer Eiche gelehnt hocke ich da. Wasser und Schlamm spritzen hoch bis an meine Knie.

Der Wind wird heftiger, er treibt mich um den Stamm herum. Die Wiese schäumt und wirft Blasen. Im Licht der Blitze werden hinter dunkelvioletten Wolken Fetzen weißen Himmels sichtbar, später mit Kobaltblau verschmiertes branstiges Orange. Zerfetzte Ambosswolken wandern über den Horizont wie Herden riesiger ausgestorbener Tiere. Der Donner rollt Metallfässer unter ihnen hindurch über sie hinweg.

Ich zähle die Sekunden zwischen Blitz und Donner. Drei Sekunden, zwei, keine, und der graue Schattenriss eines Hundes hetzt durch den Regen. Ich mache mir Notizen.

Als es aufhört, gehe ich über sumpfige Wiesen und durch schlammige Felder.

Ich überquere einen Bahndamm und einen Autobahnzubringer. Die Wolkendecke reißt auf, und am Fächer der Sonnenstrahlen sackt die Hitze zurück auf die Erde. Alles dampft. Ich wringe das T-Shirt aus. Dann stehe ich vor einem Zaun. Hinter dem Zaun liegt ein Feld. Auf dem Feld steht ein Haus zwischen sechs hohen Buchen.

Ich stelle mir vor, wie mein Leben jetzt weitergehen

würde, wenn es nicht mein Leben wäre, sondern ein Roman. Dann wäre das Haus jetzt mein Haus, und die sechs Buchen hätte mein Urgroßvater vor hundert Jahren eigenhändig in die Erde gepflanzt. Auch das Haus hätte er selbst gebaut, das war vor hundert Jahren noch üblich. Und als alles fertig war, denke ich, hat er es Gut Hohenbuchen genannt, obwohl die Buchen zu der Zeit noch ganz winzige Pflänzchen waren. Aber er wusste, dass sie wachsen, und eines Abends, als die Sonne rot war, hat er neben meiner Urgroßmutter auf der kleinen Bank vor der Tür gesessen, und dabei hat er seinen Arm um sie gelegt gehabt und gesagt, wenn etwas so schön ist, braucht es einen Namen, und da hat er es so genannt. Weil Gut Sechsbuchen nicht gut klingt, und auch Gut Sechshohenbuchen kann man eigentlich nicht sagen.

Und so heißt es immer noch, und jetzt würde ich dort mit einer Schürze in der Küche stehen. Die Küche wäre zwar irgendwie renoviert, aber sie hat auch nach hundert Jahren noch nicht ihren Geruch von altem Holzfeuer verloren. Dieser Geruch geht nie weg, und die Wände, die vor hundert Jahren noch mit riesigen Messern und alten Aluminiumtöpfen und schwarzen Suppenkellen vollgehängt waren, wären auch heute noch damit vollgehängt, und ich würde die Sachen auch manchmal benutzen. Allein der alte gusseiserne Herd wäre nur noch Dekoration, denn ich hätte natürlich ein Ceranfeld, und auf der geräumigen Arbeitsplatte daneben würde ich Zwiebeln schneiden, und ich hätte Tränen in den Augen, aber nicht davon. Sondern weil ich traurig bin. Mit auf den Tisch gestützten Ellenbogen würde ich aus dem Fenster schauen und seufzen und sagen: «Ach, hoffentlich lebt er noch, lieber Gott, mach bitte, dass er noch lebt und wiederkehrt aus dem Krieg! Der Daniel, und sein treuer Freund Erich auch, aber hauptsächlich der Daniel.»

Und während ich so weine und klage und den Glauben an Gott verliere, würde der Romanautor die Gelegenheit nutzen, noch einmal schnell mein Leben vor den Augen des Lesers vorbeiziehen und dabei meinen Charakter in allen Facetten leuchten zu lassen, so in der Art wie Bilder auf einem Kalender. Und da könnte man vielleicht auch sehen, dass der Erich ganz zu Anfang auch einmal gute Aussichten auf mein Herz gehabt hatte, ich mich dann aber für den Daniel entschieden hätte wegen seiner besseren Schönheit. Und dann wäre das Kapitel zu Ende. Dann würde ein neues beginnen. Da würde man mich beim Staubsaugen sehen, und dabei würde ich immer noch weinen und seufzen und plötzlich aufhören, weil ich Schritte vor der Tür gehört hätte. Nanu, wer klingelt denn da?, würde ich denken, und ich hätte wirklich keine Ahnung, wer das sein könnte, denn ich erwarte niemanden auf Gut Hohenbuchen, und ich kriege auch nie Besuch, und dann steht da plötzlich Daniel, und wir fallen uns in die Arme wie verrückt, obwohl wir uns im ersten Moment gar nicht erkennen.

Es ist so viel Zeit vergangen, seit er nach Afghanistan musste. Sein Gesicht ist abgemagert und knochig, und ich fange sofort an, Gemüsesuppe für ihn zu kochen, weil das das Einzige ist, was ich kann, und weil es das ist, was deutsche Soldaten am liebsten haben, wenn sie verwundet nach Hause kommen, auch wenn sie nicht verwundet sind wie Daniel. Rechts und links sind ihm die Kameraden von der Seite weggeschossen worden, aber wie durch ein Wunder hat er nur einen Durchschuss. Und mit seinem Kopf stimmt etwas nicht, denn seine Seele hat den Shell Shock.

Deshalb kann er jetzt auch nicht stillstehen und zuckt und zittert und starrt durch mich hindurch, und ich weiß sofort, er wird auch nie wieder stillstehen, er wird immer zittern, seine wasserblauen Augen starren für immer durch mich hindurch, weil sie Dinge gesehen haben, die kein Mensch erträgt. Aber das macht nichts. Er ist die Liebe meines Lebens, wie der Autor schon ganz zu Anfang klargemacht hat, und ich würde ihm treu sein und alles für ihn tun, und Abend für Abend würden wir auf der kleinen Bank vor dem Haus sitzen, auf der schon mein Urgroßvater mit meiner Urgroßmutter gesessen hat, und meine Hand würde seine zitternde Hand halten, und vor uns würde ein kleiner Tisch stehen, und auf dem Tisch wären zwei Kaffeebecher, und auf dem einen steht: FIN.

So schön ist alles, wenn es schön ist, aber meistens ist es nur in meinem Kopf. Ich habe eine Hand auf den Zaun gelegt, da kommt ein riesiger Schäferhund aus Richtung des Hauses auf mich zugerast und bellt und beißt in die Luft. Er springt und geifert, und obwohl ich sonst keine Angst vor Tieren habe, hab ich Angst, er könnte rüberkommen, und gehe auf Abstand. Ich renne. Hinter Gut Hohenbuchen kommt freies Feld. Das Gebell habe ich noch kilometerweit in den Ohren.

10.

Ich marschiere durch einen dunklen Wald, in der Mitte eine etwas hellere Fichtenschonung, dann Mischwald und die Hände einer Kastanie, dann wieder tiefer, dunkler Wald, und plötzlich fange ich an, wie vollkommen irre zu rennen. Ich sehe mich um, und ich weiß nicht, ob ich renne, weil ich Angst habe, oder ob ich Angst habe, weil ich renne, aber ich renne und höre erst damit auf, als der Wald zu Ende ist. Beide Knie zittern. Ich hole das Tagebuch heraus.

Ich bin kein Mädchen wie andere Mädchen. Ich schreibe: Wollte ich auch nie sein. Nicht wegen dieser Blutgeschichte, sondern generell. Ich wollte ein Junge sein, solange ich denken kann. Solange du denken kannst?, fragt Dr. Vollhorst immer an dieser Stelle, und dann sage ich, aye, aye, Sir, solange ich denken kann. Er gibt mir den Geschäftsblick, den er für jeden hat, und ich erwidere den Blick, und meistens gibt er irgendwann auf. Denn die Wahrheit ist: Solange ich denken kann. Als Mädchen ist man wie behindert, man hat auf einmal einen Körper. Und das weiß ja keiner, die Jungs. Die wissen überhaupt nicht, was das bedeutet, einen Körper zu haben. Die wissen nichts, und ich hab ihnen mehr als einmal die Pest an den Hals gewünscht dafür, dass sie nichts wissen. Und dass sie einfach Glück hatten. Wenn ich an Glück denke, denke ich immer an Mongos. Mongos und Jungen. Dumm sterben.

Bevor ich das erste Mal mit einem geschlafen hab, hab ich mir das Häutchen weggemacht. Ich wollte nicht, dass das ein anderer macht. Es war nicht so leicht. Am Ende hab ich eine Nagelschere genommen.

Der Junge war zwei Klassen über mir, und als er sich ausgezogen hatte, stellte ich fest, dass ich ihn nicht mochte. Er roch und sah so blöd aus, wie er aus der Unterhose gestiegen ist wie ein Storch auf einem Bein.

Zu der Zeit hab ich mit den Ladendiebstählen angefangen. Ich bin in jeden Laden rein, hab irgendwas genommen und bin wieder rausspaziert, und wenn mir einer nachkam, bin ich gerannt, nie hat mich einer gekriegt. Ich krieg dich!, haben sie immer gerufen, aber ich kann laufen wie irre, und ich kann nicht nur laufen, ich kann auch was, das kann kein Kaufhausdetektiv, nämlich blind über die Straße. Autos interessieren mich nicht. Und dann krieg mich mal.

Nur warum ich all diese Sachen geklaut hab, weiß ich nicht. Hab ich auch nie rausgefunden. Nichts davon hab ich gebraucht, und ich hab immer alles gleich weggeschmissen. Alles in eine große Tüte und immer sofort in den kleinen Tümpel hinter der kleinen Brücke hinter unserm Block. Für wen's interessiert: Das kann man alles jederzeit wieder hochtauchen. Drei Lasterladungen Bücher, Besteck, CDs,

Spielkonsolen, Turnschuhe, Vasen, Toaster, Schminkkoffer, Handys, Haarspangen, BHs. Story of my life.

Das ging ein, zwei Jahre so, und als ich dreizehn war, hörte das auf, und ich weiß nicht, warum.

Die gelben Blumen sind gelb. Vielleicht Dr. Gelberbloom fragen.
Dr. Gelberbloom
Dr. Geysir
Dr. Fräse
Dr. wider Willen
Dr. Righteous Idealed Dung

gelappt
gesägt
gekerbt
gefranst
gefaltet
gefingert
handförmig gefingert
eiförmig
umgekehrteiförmig
fußförmig
gefiedert
gebuchtet
gewellt
gezackt
zerhackt und benadelt

Vor mir liegt sattgrünes Gelände bis zum Horizont, von winzigen Rinnsalen durchzogen. Die Rinnsale vereinigen sich zu einem kleinen Bach. Ich springe von Insel zu Insel. Auf dem Horizont zieht ein Regenvorhang aus unterschiedlich hellen und dunklen Streifen dahin. Dann regnet es. Dann hört es auf. Am Bach kommt mir ein Junge entgegen, der einen mit einer Plastikplane bedeckten Zinkeimer trägt. Er hält den Henkel an seinen Bauch gepresst, der Eimer baumelt zwischen seinen Knien.

«Was ist da drin?»

Er antwortet nicht. Ich vertrete ihm den Weg. Er macht einen Schritt nach links. Ich mache einen Schritt nach rechts. Er macht einen Schritt nach rechts. Ich mache einen Schritt nach links. Er starrt auf meinen Busen direkt auf Höhe seiner Augen.

«Was ist da drin?», wiederhole ich.

«Das ist meiner!»

Ich reiße ihm den Eimer aus den Händen, ziehe die Plastikplane weg, und küble in einem Schwung ein paar Liter Wasser und sechs oder sieben Frösche in den Bach.

Er schreit.

«Heul nicht», sage ich. «Wenn du heulst, töte ich dich.»

Er fängt sofort an zu heulen.

Ich gehe weiter den Bach entlang. Als ich mich nach einer Weile noch einmal umdrehe, steht der Junge noch immer an genau derselben Stelle, mit hängenden Schultern.

«Hab keine Angst», rufe ich. «Ich töte dich doch nicht.»

Rückwärtsgehend entferne ich mich weiter von ihm.

«Nicht heute!», brülle ich. «Aber eines Tages kommt der Tag, und das ist der Tag, da wirst du sterben. Du weißt es noch nicht, aber dann denk an mich und was ich dir gesagt hab heute. Die Wiese ist der Grund.»

Der Junge setzt sich in Bewegung und läuft weg, erst langsam, dann immer schneller. Ich lege die Hände trichterförmig an den Mund und rufe: «Diese Wiese und das Gras und der Bach sind der Grund vom Eimer. Die Bäume sind der Rand. Der Himmel ist die blaue Plastikplane, und da kommst du niemals raus. Niemals kommst du aus dem Eimer raus, und nie wird einer kommen und dir helfen, und du wirst sterben wie die Frösche. Wie die Frösche stirbst du! Frag deine Eltern», rufe ich. Ich gehe fünfzig, hundert Meter, hole tief Luft, lege den Kopf in den Nacken und brülle: «Und töte nie ein Tier!»

Als ich mich noch einmal umsehe, ist der Junge verschwunden. Der Eimer liegt im Bach. Eine Weihe schaukelt vor den Wolken hinab.

Ich mache ein paar Notizen und eine kleine Skizze. Junge. Eimer. Weihe. Frösche, Süden, Bach.

Der Bach führt durch dürres Schilf hindurch in ein finsteres Gehölz, das auch deshalb so finster ist, weil der Himmel sich verdunkelt. Töte nie ein Tier, sage ich zu mir selbst, töte nie ein Tier. Insbesondere keine Ameisen.

Der Bach läuft auf eine hohe, langgezogene Böschung zu. Erst als ich ganz nah dran bin, sehe ich die Betonröhre, durch die der Bach unter der Böschung hindurchfließt. Auf allen vieren klettere ich hinauf. Dahinter liegt ein schnurgerader, von Pappeln kilometerweit gesäumter Kanal.

12.

Der Kanal ist alt, aus alten Ziegelsteinen mit Verzierungen gemauert, mindestens hundert Jahre. Ich setze mich an den Rand und versuche, mit den Fußspitzen das Wasser zu berühren. Es fehlt ein halber Meter. Beim Weitergehen überholt mich ein Lastkahn. Genau genommen ein Bötchen, das einen riesigen Container vor sich herschiebt, der mit Kies beladen ist. Oder ein Container, auf dem hinten ein Häuschen steht, auf dem ein Auto steht. Ich sehe einen Mann am Steuer. Sein Gesicht ist rotbraun verbrannt, die Haare sind dunkelblond.

«Kann ich mitfahren?», rufe ich.

Er bemerkt mich nicht.

«Kann ich mitfahren?»

Er antwortet nicht.

Ich laufe zwischen kniehohem Gras und dornigen Sträuchern am Ufer entlang. Das Schiff ist nicht viel schneller als ein Jogger. Mindestens eine Viertelstunde renne ich nebenher und rufe. Drei oder vier Meter Wasser trennen uns.

«Kann ich mitfahren? Kann ich mitfahren? Kann ich bitte mitfahren?»

Der braunrotgesichtige Mann schüttelt den Kopf. Ich ziehe mein T-Shirt straff. Ich stütze eine Hand in die Seite, als hätte ich Seitenstiche. Ich weiß, wie ich aussehe.

Er lacht.

«Kann ich?», rufe ich.

Er zeigt mir den Vogel.

Ich bleibe an einem Dornengestrüpp hängen, stolpere, reiße mich los und stürze dem Schiff hinterher. Ich beschimpfe das Gestrüpp, ich beschimpfe das Schiff, und ich beschimpfe den Mann.

Er lacht lauter.

«Warum denn nicht?»

Er breitet die Arme aus wie ein Hundebesitzer, der seinen verloren geglaubten kleinen Liebling auf sich zujapsen sieht, und grinst. «Warum nicht? Ja, warum denn nicht? Immer an Bord, junge Frau, immer an Bord, nur dass ich leider mein Schiff – dass ich – nein ... nicht – nein!»

Ich bin schräg die Böschung hochgerannt, habe Anlauf genommen und springe drei Meter weit und zwei Meter tief auf die große Eisenplatte am Bug. Meine Knöchel knirschen bei der Landung, aber nicht schlimm.

«Ja, bist du denn völlig ... bist du okay?»

Der Mann ist aus der Tür seiner Kabine getreten und sieht mich über die ganze Länge des Schiffes hinweg entgeistert an. Ich humple fünfzig Meter auf ihn zu. Er hat eine Hand am Steuer, die andere knetet die Luft neben seiner Schulter.

«Du kannst hier nicht mitfahren», brüllt er, während er mich ins Führerhaus schiebt, mich an den Schultern auf eine Bank drückt und sich zu meinen Füßen hinunterbeugt.

Er zieht einen Verbandskoffer hervor. Dann reckt er den Kopf, schaut durch die Scheibe, drosselt die Geschwindigkeit und beugt sich wieder hinunter. «Du kannst hier nicht mit… du kannst … ist *das* hier passiert?»

«Nein, schon älter.»

«In Glas getreten?»

Ich beiße auf meine Lippen. Plötzlich tut es weh.

«Nicht anfassen.»

«Oh, Mann», sagt er. «Du bist ja völlig meschugge.»

Er legt meine Beine auf sein Knie und desinfiziert die Fußsohlen. Er umwickelt beide Füße mit weißen Mullbinden bis an die Waden und klebt den Verband mit Hansaplast fest.

«Aber denk nicht, dass ich dich mitnehm. An der nächsten Schleuse steigst du aus.»

Er patscht auf mein Knie, lässt seine Hand einen Moment dort liegen und lächelt, als habe er es gar nicht bemerkt. Ich stehe auf und betrachte die Verbände. Sie sind weiß wie Schnee.

«Steht mir, oder?»

Er schüttelt den Kopf. Er hält sich eine Faust vor den

Mund, hüstelt, öffnet sie wieder und sagt: «Mann, Mann, Mann, Mann, Mann.»

Dann stellt er sich wieder ans Steuer. Eine Weile ist nur das Geräusch des Motors zu hören.

Schließlich frage ich: «Und was sind Sie hier jetzt?»

«Was?»

«Auf dem Boot.»

«Auf dem Boot?»

«Der Bootsführer? Der Steuermann? Der Schiffsarzt?»

«Kapitän. Was sonst?»

«Auf so einem Schiffchen?»

«Ist dir das zu klein?»

«Sie haben ja nicht mal eine Uniform.»

«Kapitän ist, wer das Schiff führt. Was dachtest du denn?»

«Schiffer vielleicht. Dass sie der Schiffer sind. Oder Kanalschiffer. Aber garantiert nicht Kapitän. Kann ich nachher auch mal steuern?»

«Du kannst gleich mal über Bord gehen.»

«Und wie heißt der Kahn?»

«Schiff! Das ist ein Schiff! Und heißt Daniela.»

«Genau wie ich!» Ich mache dieses Lächeln, das ich lange vor dem Spiegel geübt habe.

Er rollt die Augen nach oben.

Dabei will ich nur, dass er mich nicht gleich wieder an Land setzt. Das Boot ist schön, der Kanal ist schön, und das Bootfahren ist auch schön.

«Und wie heißt du wirklich?»

«Isa.»

«Und wie alt bist du?»

«Achtzehn.»

«Achtzehn, am Arsch!»

«Siebzehn», sage ich. «Kann ich jetzt auch mal steuern?»

«Siebzehn», stöhnt er.

«Wir könnten also was machen.»

«Jetzt mal halblang! Du bist vierzehn, wenn's hochkommt. Und an der nächsten Schleuse gehst du von Bord.»

«Warum?»

«Benimm dich.»

«Ich stör doch niemand. Oder stör ich Sie?»

«Wissen deine Eltern, wo du bist?»

«Natürlich.» Wir fahren den schnurgeraden Kanal hinunter. Die Sonne steht über dem Wasser, und ich rede und rede. Als ich den Eindruck habe, dass er aufgegeben hat, rede ich weniger, dann schweige ich. Wir blicken über das Gleißen und Blinken. Insekten summen durch das Führerhaus und wimmeln über die Frontscheibe. Dahinter gleiten Schwalben ohne Laut und Zeit, und ich sage: «Schön.»

Er schnaubt leise durch die Nase.

Wir fahren.

«Wirklich», sage ich. «Das ist schön.»

Er nickt.

13.

In unendlicher Ferne überspannt eine winzige Brücke den Kanal, hinter der irgendwo die Schleuse liegen soll.

«Was denkst du, wie weit ist das weg? Wie lange brauchen wir bis zur Brücke?»

Ich betrachte den winzigen Gedankenstrich über dem Horizont. «Wenn Sie schon fragen: eine Stunde. Halbe Stunde.»

Er lacht und hebt einen unter schwarzer Haarwolle kaum erkennbaren Arm. Ein goldenes Uhrenarmband teilt die Wolle in zwei Hälften. «Guck auf die Uhr», sagt er.

Er schenkt sich aus einer Thermoskanne Tee ein. Er sieht mich an. Ich schüttle den Kopf. Der Tee vibriert in der Tasse.

Er lehnt sich auf das Steuer und redet über den Unterschied zwischen Kaffee- und Teetrinkern. Er trinke nur Tee, sagt er, Kaffee verabscheue er, er habe die Kaffeeleute nie verstanden, und dann stellt er eine Frage, die ich nicht verstehe, weil er mit beiden Händen das Steuer festhält und die Handgelenke dreht und ich im selben Moment in der Reflexion der Uhr, die von der Sonne herkommt, das gleiche Glänzen und Blinken erkannt habe wie auf den Schalthebeln und Zierleisten, wie in der Teetasse und auf dem Kanal, und er wiederholt seine Frage, die ich wieder nicht verstehe, weil ich mit überscharfer Klarheit nun sehe, wie das Gleißen und Glänzen überall im Führerhaus unsichtbar alles mit allem verbunden hat, den vibrierenden Tee, die verchromten Schalthebel, das Uhrarmband, das Blinken der Wellen und das vom Licht umstrahlte blonde Haar des Schiffers, und ich weiß, auch ich bin umstrahlt, und es wird deutlich, dass zwischen unseren Köpfen nun eine geheime, helle Verbindung besteht, eine aus Licht gemachte Röhre, durch die unsere Gedanken hin und her gehen wie ohne Mühe, und ich sage: «Spüren Sie das auch?»

«Das ist nur der Motor. Das macht er manchmal.»

«Ich meine –»

«Keine Angst, der berappelt sich wieder.»

Nach einem sehr langen Schweigen frage ich den Schiffer, was ich zuletzt gesagt habe, weil ich plötzlich nicht mehr sicher bin, ob ich nur gedacht oder laut gesprochen habe.

Er nippt an seinem Tee, zweimal, dreimal, schüttet den kalten Rest in seine Kehle, fragt: «Willst du deine Schätzung korrigieren?», und zeigt grinsend auf die ferne Brücke.

«Was hab ich denn gesagt?», sage ich.

«Halbe Stunde.»

Ich tue, als ob ich die Brücke noch einmal genau fixieren würde, und sage: «Jetzt noch eine halbe Stunde.» Ich hab jetzt begriffen, wie die Verhältnisse sind, will ihm aber seinen Triumph nicht verderben.

Ich gehe zum Bug und lege mich auf den heißen Metallplatten in die Sonne. Die Metallhitze nimmt ab, als ich lange liege, aber die Sonne wirft glühendes Metall von oben herunter.

Ich liege auf dem Rücken. Ich liege auf dem Bauch. Ohne Wind wäre es unerträglich. Das Kinn in beide Hände gestützt starre ich unter der Bugreling nach vorn. Wenn ich den Kopf rumdrehe, sind die Verbände wie zwei Schwanenflügel auf meinem Rücken.

Stunde um Stunde sinkt die Sonne, und als es schon dämmert, ist die Brücke am Horizont noch kein bisschen näher gekommen.

Schwarz liegen Büsche und Menschen am Ufer. In dunkelblauen Schatten unter dunklen Bäumen sehe ich das Glimmen von Zigaretten; ich höre Kichern und Gläserklirren.

Die Stimmen sind so klar, als säßen die Leute neben mir auf dem Schiff.

«Vielleicht ist er ja Ingenieur», sagt einer, und ein anderer sagt: «Die alte Geschichte, genau wie wenn du einen Geländewagen hast.» Jemand widerspricht, aber nicht der Erste, und dann eine helle Stimme: «Vielleicht ist *sie* ja Ingenieur.» Gelächter. Langsam entfernen die Stimmen sich, werden leiser, zuletzt kaum hörbares Lachen, dann Stille, und dann nur noch das am Bug kaum wahrnehmbare Surren des Motors, so gleiten wir in die Nacht, untermalt vom Plätschern der Wellen unten, Castor und Pollux über uns.

Fast wäre ich schon eingeschlafen, da brüllt jemand am Heck: «Essen!»

Zwei Teller Chili stehen auf einem Tisch neben der Brücke. Ein Glas Wasser und eine Flasche Bier. Eine Petroleumlampe wirft vier Lichttrapeze in die Nacht, von denen eins am Ufer neben uns herfährt.

«Wie geht das denn?», frage ich.

«Wie geht was denn?»

«Muss man nicht steuern?»

Er bricht ein Stück Weißbrot ab und stippt es ins Chili.

«Offenbar nicht.»

Ich sehe ins Führerhaus. Ich sehe auf den Kanal. Ich sehe den Mann an.

«Das Ding fährt von allein. Praktisch. Wenn einer entgegenkommt, muss man bisschen gucken. Aber mehr ist nicht. Fürs Essenwarmmachen reicht's. Und jetzt setz dich.»

Ich setze mich.

«Normal bin ich auch nicht allein. Normal ist man nie allein. Einer schläft, einer steuert. Aber meine Frau ist heute Morgen ins Krankenhaus.»

Er hält sein Bier mit Daumen und Zeigefinger am Flaschenhals.

«Aber fahren muss man ja trotzdem. Ich werde in vier Tagen in Rotterdam gelöscht.»

«Da ist es doch gut, dass jetzt noch einer da ist.»

Er sieht mich kurz aus den Augenwinkeln an.

«Wenn es so einfach ist mit Steuern, wo ist das Problem? Ich kann Ihr Partner sein. Ihre Partnerin.»

«Ein bisschen machst du mir Angst. Weißt du das?»

«Aber Sie brauchen einen, der steuert, wenn Sie schlafen.»

«Ich hab so Tabletten. Die sind mein Partner. Und zwei oder drei Stunden nach Mitternacht sind wir da. Dann legen wir an.»

Ich schweige. Ich esse mein Chili. Er hat *wir* gesagt. Das reicht mir fürs Erste.

Einige Minuten treibt nur das Ufer vorüber. Eine halbe Stunde, eine Stunde.

«Das kann ja noch ewig dauern. Geht Ihnen die Geschwindigkeit nicht auf die Nerven? Ich glaub, mich würd das wahnsinnig machen. Da würd ich ja den Motor mal ein bisschen aufbohren. Oder gleich einen neuen kaufen.»

«Das hilft nichts.»

«Mit mehr PS.»

«Hilft auch nichts.»

«Mich würd das wahnsinnig machen.»

«Weißt du, was 'n Verdränger ist? Der fährt in seinem eigenen Wellental. Und deshalb ist der so schnell, wie er ist. Der schiebt eine Welle vor sich her, und hinten ist auch eine Welle, und dazwischen fährt der. Und nicht schneller.»

«Ich hab aber schon schnellere Schiffe gesehen.»

«Ich auch. Aber das sind Gleiter, keine Verdränger. Die

Polizei. Oder die Joghurtbecher, mit denen die Rentner im Sommer den Kanal verstopfen. Hängt alles von der Rumpfform ab. Ein Verdränger hat jedenfalls eine Maximalgeschwindigkeit.»

«Egal, wie viel PS man hinten reinmacht?»

«Egal, wie viel PS.»

«Wenn man fünf Millionen PS einbaut, wird das Boot immer noch nicht schneller?»

«Das ist Physik. Die Gesetze der Physik.»

«Sie verarschen mich doch.»

«Das kann man ausrechnen. Wie schnell ein Schiff fährt. Das hängt allein von der Wasserlinie ab. Vom Bug bis zum Heck.»

«Wie schnell ein Schiff ist, hängt von seiner Länge ab?»

«Nicht Bootslänge. Wasserlinienlänge. Wenn du bei so 'nem Verdränger mehr aufdrehst, als seine Wasserlinie zulässt, dann sinkt der immer tiefer in sein Wellental, damit kannst du dich praktisch selbst versenken.»

«Sie verarschen mich.»

«Die Formel ist vier Komma fünf mal Wurzel aus Wasserlinie. Das ist die Maximalgeschwindigkeit beim Verdränger. Und kein Stundenkilometer mehr.»

«Ich glaub, Sie verscheißern mich.»

«Nein.»

15.

«Es gab mal einen Bankraub», sagt er. «In Berlin, von den größten Idioten, die haben in Charlottenburg eine Bank gemacht. Waren gerade frisch raus. Die wussten alles über Banken. Über Schiffe wussten sie dafür gar nix. Die Polizei war schnell zur Stelle. Da sind die beiden auf die Idee gekommen, ein Boot auf dem Kanal zu kapern. Mit dem sind sie geflohen. Ein Stoßboot, der Schlüssel steckte. Das war aber kein großes Glück, sondern große Scheiße. Das Ding fuhr wahnsinnig langsam ... Und der eine sagt: Gib doch mal Gas. Und der andere: Mach ich ja. Die haben sich da selbst versenkt. Der eine hieß Bangen, und er sagt: Eigentlich kann ich nicht so ganz gut schwimmen. Und das Letzte, was der andere von ihm sieht: Er geht über Bord.»

«Und dieser Bangen ist nie wieder aufgetaucht? Ich dachte, Wasserleichen kommen immer wieder hoch.»

«Ja, das stimmt. War aber eh ein komischer Typ.»

«Das ist doch Sülze. Das glaub ich alles nicht.»

«Die Polizei hat eine Woche mit Schleppnetzen den Kanal durchgeseiht. Ich sag nur die Wahrheit. Hast du nicht das kleine Kreuz am Bug gesehen? Und die Initialen *G. B.*?»

Ich denke lange nach, sehe die Gänsehaut auf meinen Armen, verschränke sie hinterm Rücken und sage: «Kann es sein, dass dieser Bangen seinen Teil an diesem Schiff hat?»

Der Schiffer lächelt. Er legt mir die Hand auf die Schulter, sieht zur Seite und sagt nichts. Das Lächeln verschwindet. Ich glaube kein Wort. Er verarscht mich. Er ist auch zu nett.

«Kein Wort glaube ich», sage ich.

Er zuckt die Schultern und kratzt mit dem Löffel das letzte Chili aus dem Teller. Dann knöpft er das Hemd auf und zeigt seinen Bizeps. Auf dem Arm ist ganz schlecht ein dreidimensionales Kreuz auftätowiert, darunter ein Herz, darunter ein Anker. Und darunter ist eine kraterförmige Narbe.

«Das ist ein Einschussloch.»

Er dreht den Arm, damit ich die andere Seite sehen kann, und da ist auch eine Narbe. «Ausschussöffnung.»

«Und?»

Er lehnt sich zurück, schiebt den Teller weg und sagt: «Ich erzähl dir jetzt was, was ich noch keinem Menschen erzählt hab. Denn woher weiß ich das mit den Bankräubern? Siehst du, das weißt du nicht. Weil ich einer von den beiden war.»

«Und welcher?»

«Ja, spotte nur. Aber das ist zwanzig Jahre her und verjährt, und ich war der eine. Stand in allen Zeitungen. Hiller und Bangen. Das hatte einen Klang wie Sacco und Vanzetti. Da musst du nicht so gucken. Kannst du googeln. Oder wenn du das nicht googeln kannst: In den Pressearchiven ist das alles noch. Jede Zeitung hatte ihre Sonderseite mit uns.

Max Hiller auf der Flucht! Wochenlang. *Bangen ertrunken.*

Hiller untergetaucht. Hiller in Britz gesichtet. König der Diebe mit Fahrrad ausgekniffen. Bankräuber Max Hiller ist nicht zu fassen! Ich war berühmt.»

Ich starre ihn an und versuche zu erkennen, ob er mich verarscht. Sein Gesicht ist ganz ernst.

«Also, das waren Sie wirklich? Sie waren wirklich mal berühmt?»

«Bin ich noch heute. Frag Ältere.»

Ich schaue die Narbe aus der Nähe an, vorne, hinten. Sieht aus wie ein Ausschussloch, fühlt sich auch so an. Jedenfalls, wie ich mir das vorstelle. Ich glaub's trotzdem nicht.

«Sie waren im Wasser am Schwimmen, und die haben auf Sie geschossen?»

«Vorher.»

«Und Sie sind aber nicht geschnappt worden?»

«Offenbar.»

«Das glaub ich ja wohl kaum.»

«War aber so.»

«So einfach stellen Sie sich das vor? Ich kenn das nämlich auch vom Fernsehen. Die kommen nie durch.»

«Du lässt dich wohl nicht so leicht verarschen, was?» Er grinst und guckt plötzlich ganz ernst. «Pass auf, wenn du mal eine Bank überfallen willst, kann ich dir einen Tipp geben. Nimm dir zwei Paletten Konserven, leg dich in einen dunklen Keller und tu nichts. Gar nichts. Nach zwei Monaten ist das Gröbste überstanden. Das ist das Schwierigste. Zwei Monate. Daran scheitern die meisten. Banken ausrauben kann jeder. Die haben ja Anweisung, dir sofort alles Geld entgegenzuschmeißen. Aber Untertauchen kriegt kaum einer hin. Die eine Hälfte schnappen sie am Flughafen und die andere irgendwo beim Geldverprassen.»

«Und wann kann ich raus aus dem Keller?»

«Wenn dich keiner mehr kennt. Und dann gehst du raus.»

«Und dann?»

«Beobachtest du noch ein paar Wochen lang den Bahndamm, wo das Geld vergraben ist. Aber du gräbst es erst mal nicht aus. Und das brauchst du auch nicht. Der Keller hat dir zugesetzt. Du bist fast wahnsinnig geworden. Du hast alles richtig gemacht. Du kannst warten. Und die Stelle im Wald, wo du immer wieder hingehst, um von da aus den Bahndamm zu beobachten, ist auch ganz schön. Du fühlst dich da wohl. Du bist reich, und nichts wird was daran ändern. Es ist immer da. Du kannst eine Thermoskanne und eine Stulle mitnehmen. Und du weißt, da ist es. Der Einzige, der den Verbrecher Hiller kennt, ist tot. Das ist ein tolles Gefühl.

Und du hast Zeit. Du weißt, die Zeit arbeitet für dich. Und dann stehst du neben den Schienen, und du siehst in die eine Richtung und die andere, und dann gehst in die Stadt und suchst dir eine Arbeit. Du kriegst deinen Lohn. Und dann arbeitest du und steckst das saubere Geld in deine Taschen und mietest eine Wohnung. Und errichtest eine bürgerliche Fassade. Du lernst eine Frau kennen. Und du pflanzt Blumen auf deinen Balkon.

Nur Kinder fehlen noch zur Fassade. Aber du willst keine. Und Kinder würden stören. Zum Glück mag deine Frau auch nicht. Perfekt. Eine fabelhafte Frau, und du schenkst ihr ein Schlafzimmer, ein piekfeines Schlafzimmer aus echter Eiche, Riesenschrank, riesige Spiegelwand, eins a. Und alles vom im Schweiße deines Angesichts verdienten Geld. Noch superperfekter.

Und dann liegst in deinem superperfekten Bett und denkst nach. Du hörst auf die Geräusche auf der Straße, ein Betrunkener grölt, und ein Tier schreit, und du hörst dein Herz klopfen. Auf dem Rücken liegst du in der tiefsten Nacht und starrst auf den Wandspiegel, in dem es auch tiefste Nacht ist, und nur hin und wieder huschen Schatten über die Decke, wenn draußen ein Auto in deine Straße einbiegt, mit brummendem Motor näher kommt, leiser wird, immer leiser, dann plötzlich lauter und weiterfährt. Neben dir liegt friedlich deine Frau, die nichts von was weiß, und du bist auch friedlich, und das ist die Stunde der Nacht, in der das Nachdenken am schlimmsten ist. Denn dann denkst du, ob du bisher einen Fehler gemacht hast. Aber Nacht für Nacht findest du keinen Fehler, und das ist die Stunde, wo es am schwierigsten ist, das Geheimnis zu bewahren. Es will raus wie eine Fliege, die gegen das Fensterglas tobt und Stunde um Stunde den weit aufgesperrten Fensterflügel daneben nicht findet, bis sie ihn zufällig findet.

Und eines Nachts hältst du es nicht mehr aus, du legst deiner Frau eine Hand auf die Schulter, rüttelst sie wach, und du sagst ihr, dass ihr reich seid: Wir sind reich. Und da guckt sie dich an und sagt: Ich weiß. Und macht die schwarzen Augen zu, dreht sich auf die Seite und schläft. Und da gehst du auf den Balkon und rauchst eine Zigarette. Du rauchst eine ganze Schachtel. Und am Morgen hat sie alles vergessen.

Und du hältst die Klappe. Und nach dem Frühstück gehst du zur Arbeit. Du arbeitest wie immer, und am Abend kommst du zurück. Tag für Tag gehst du weiter zur Arbeit, Tag für Tag, Jahr für Jahr. Und jeden Morgen grüßt dich der Pförtner: Hiller, sagt er, und am Abend sagt er noch mal: Hiller, und wenn du heimkommst, sagt deine Frau Mäxchen zu dir, und dann steht das Essen auf dem Tisch, und deine Frau wischt sich die Hände an der Schürze ab.

Um acht macht ihr den Fernseher an, und ihr esst. Jeden Tag. Jeden Morgen, jeden Abend, und du weißt, dass das dein Leben ist, denn das ist der Plan, und Tag für Tag fahren die Züge über den Bahndamm.

Ein schönes Leben. Mein Leben, denkst du. Doch dann wird dein Betrieb zerschlagen, und du wirst entlassen. Der Pförtner auch. Der Pförtner ist Vollalki und landet sofort auf der Straße. Und du? Du nicht. Du hast nie viel verdient, aber du hast auch nie viel ausgegeben. Du hast, was ging, auf die hohe Kante gelegt. Deine Frau hat auch gearbeitet, und von eurem Geld, da kauft ihr ein schönes Schiff von. Jedenfalls habt ihr gerade mal so viel, dass ihr die Anzahlung schafft. Und deine Frau will, dass das Schiff Daniela heißt, weil das ihr Name ist. Und das kostet noch ein paar

Tacken, weil das doch schöne Buchstaben sein sollen, und weiß hast du die selbst lackiert, und so hast du deine Frau noch nie weinen sehen, wie als du zum ersten Mal den Motor angelassen hast. Und das ist die ganze Geschichte. Und deine Frau ist stolz auf dich, und deine Frau ist schön, und klug ist sie auch, du bist auch stolz auf dich, und ihr werdet Partikuliere und fahrt Kies und Mais und Kohle nach Rotterdam. Das ist das Schönste, was es gibt.»

«Und?»

«Und das findet meine Frau auch.»

«Das war's?»

«Das war's.»

Ohne mich anzusehen, nickt er.

«Ja, das war's.» Er legt den Kopf in den Nacken und sieht hoch.

«Nein.»

«Doch.»

Die Nacht gleitet vorüber.

Er stützt sein Kinn in eine Hand, malt mit der anderen Linien auf den Tisch.

Ich hole mein Notizbuch raus, lege es vor mich hin und klappe es auf.

Er legt seine Hand vor sich auf den Tisch. Dann legt er sie vorsichtig auf meine Hand, aber mehr wie aus Versehen. Und dann legt er sie auf mein Tagebuch und klappt es zu.

«Nein!», sagt er tonlos und sieht weit über meinen Kopf

hin in die Nacht, sodass ich Gelegenheit habe, sein Gesicht genau zu studieren, während er noch leiser als vorher redet.

«Nein, das war's natürlich nicht. Natürlich nicht. Weil du natürlich Albträume hast. Jede Nacht hörst du die Züge über den Bahndamm fahren, lange Züge, kurze Züge, immer das gleiche Rauschen, Nacht für Nacht hörst du die Züge, mit geschlossenen Augen und mit offenen Augen siehst du die Züge an dir vorbeifahren, Zug um Zug, Schiffe und Züge … erst sind es noch Träume. Dann sind es Albträume, und mindestens einmal in jedem Jahr, meistens im Sommer, gehst du noch hin und guckst den Bahndamm an. Ob du die Stelle noch findest. Zehn Jahre lang.

Und zehn Jahre lang, wenn du nachts die Augen aufschlägst, weißt du, die Züge fahren noch immer, und immer noch sitzt auf der andere Seite des Bahndamms ein Mann, der dich beobachtet und der nur darauf wartet, dass du anfängst zu graben, und plötzlich stürzen 200 Polizisten in Tarnanzügen und mit Laub auf ihren Köpfen und schwarz gemalten Gesichtern aus dem Gebüsch.

Und dann eines Tages kommt der Tag, der alles entscheidet. Und das ist der Tag, wo du auf einmal weißt: Du bist allein, und der andere ist nicht mehr da. Und er war niemals dort. Und du gräbst ein kleines Loch neben den Bahndamm, während ein Zug an dir vorbeifährt, und dass die Leute dich anstarren, macht dir nichts mehr, du bist einfach nur ein Mann, der aus der Erde einen blauen Kanister ausgräbt, und schon haben sie dich vergessen, und du weinst, und du schluchzt. Und das ist auch der Tag, an dem du zum letzten Mal an Bangen denkst und daran, was für verblödete Idioten ihr wart, und du liegst mit dem Gesicht zur Erde neben dem Bahndamm.

«Ist das wahr?»

«Natürlich ist das wahr, so wahr, wie ich Max Hiller heiße, so wahr wie das Wasser, auf dem wir fahren, und so wahr wie die Tatsache, dass ich nicht eine müde Mark davon gehabt hab. Nichts. Die ganze Sore ist mit dem Schiff gesunken. Mit allen meinen Sachen, mit meinen Ausweisen, die in der Tasche waren, zum Glück, mit meinem Schlüssel, mit meinem Freund Bangen und dem Schiff zusammen: hat alles der Fluss genommen.»

Er sieht an mir vorbei aufs dunkle Ufer. Dunkle Pappeln treiben an uns vorüber.

16.

Ich schleiche ins Führerhaus und greife das Steuerrad.

«Spielst du Kapitän?», ruft eine Stimme von draußen.

«Schiffer.»

«Aha, Schifferin.»

Er stellt sich neben mich. Gemeinsam sehen wir hinaus.

«Können Sie auch mit einem Sextanten umgehen?»

«Hamwa nicht.»

«Aber können Sie damit umgehen?»

«Bedaure, Sextanten sind in der Binnenschifffahrt eher ungebräuchlich.»

«Aber könnten Sie?»

«Warum willst du das wissen?»

«Weil ich Männer, die mit Sextanten hantieren, immer verdammt attraktiv finde.»

Das finde ich wirklich. Das denke ich mir nicht nur aus, um noch länger an Bord zu bleiben.

«Kennst du viele davon?»

«Nein – nein. Aber das weiß man doch. Ich meine, aus Filmen. Am Horizont sieht man Hunderte Masten, die spanische Armada. Oder eine andere Flotte. Aber meistens ist es die spanische Armada. Francis Drake zieht die Augenbrauen zusammen, peilt über den Sextanten, sagt: ‹Männer!›, und sofort ist vom kleinsten Hilfsmaat bis zum Vorschotführer allen klar: Er hat die Lage im Griff, man muss sich keine Sorgen mehr machen, und die Mannschaft macht sich sowieso keine Sorgen, sie kennt ja ihren Käpt'n. Im Gegenteil, die freuen sich, und deshalb versenken sie die Spanier auch, und das finde ich attraktiv.»

«Und wenn die Spanier auch Sextanten besitzen?»

Ich muss einen Moment nachdenken. «Ja, das sieht bei denen wahrscheinlich auch nach was aus. Aber die Engländer sind besser. Die sind mir jedenfalls lieber.»

«Sie machen aber auch die besseren Filme. Das verfälscht vielleicht das Bild ein bisschen.»

«Und sie haben die Queen! Und wenn ihre Männer verlieren, sagt die: ‹God may forgive you, but I never will.›»

«Das wäre auch attraktiv? Und die Queen wärst du, vermute ich.»

«Natürlich. I will make you shorter by the head», sage ich und sehe in die Ferne, als wären wir auf dem Meer und nicht nur auf diesem kleinen Kanal.

«Du hast ja einen ganz schönen Knall.»

«Wieso? Ist doch nur 'n Film.»

«Es wirkt auf mich aber ein bisschen, als wäre das mehr als ein Film.»

Ich denke nach. «Das stimmt», sage ich. Aber ich weiß nicht genau, was ich damit meine.

«Nur bei einem Italiener würde ich nie an Bord gehen. Sie sind nicht zufällig Italiener?»

«Meinst du das wirklich so, oder ist das nur der dreißigste Versuch, mich anzugraben?»

Er sieht mich von der Seite an. «Aber immerhin hast du recht, was Itaker betrifft. Nie mit Itakern auf ein Schiff, und auch nie mit Itakern ins Bett. Egal, wie viele Sextanten sie in ihren Taschen haben.»

«Gilt das auch in der Binnenschifffahrt?»

«Das gilt überall. Einem Itaker würde ich nicht mal mein gelbes Schwimmentchen mit in die Badewanne geben. Ich weiß nicht, wie er es macht, aber wenn er aus der Wanne steigt, ist die Ente gesunken und im Abfluss verschwunden.»

Ich schaue lange in seine schmalen Augen und kann

nicht rausfinden, ob er das ernst meint oder nicht. Wahrscheinlich schon ernst, ich mein es ja auch ernst.

Wir unterschiffen eine Brücke, und er sagt: «Noch gut acht Kilometer. Dann kommt die Schleuse. Dahinter legen wir an.

«Ich will weiter mitfahren.»

«Das könntest du von mir aus sehr gern tun», sagt er ganz freundlich. Nicht auf die Erwachsenenart freundlich, sondern wirklich freundlich. «Ich mag dich. Aber das geht nicht. Irgendwo sitzt jemand und macht sich Sorgen. Und die Konsequenz daraus ist leider: Du musst nach Hause zu deinen Eltern. Du kannst nicht allein rumrennen. Du musst noch ein paar Sachen lernen. Reisen bildet, aber du brauchst mehr, und das kriegst du nur da, wo es dir nicht gefällt und wo sich jemand Sorgen macht um dich, und deshalb –»

Meine Füße zucken.

«Kann ich dich nicht mitnehmen.»

«Meine Eltern sind tot», sage ich.

«Nimmst du Medikamente?»

Ich reiße meinen Blick weg, eine halbe Sekunde zu spät, drehe den Kopf sofort zurück, er schaut schon wieder ruhig über den Fluss.

Ich sehe ihm von vorn in das braunrot gebrannte Gesicht.

«Ich hatte mal eine Freundin ...», sagt er. «Egal. Aber wenn du wirklich keine Eltern oder Angehörigen hast, irgendeinen Betreuer hast du, irgendwo ist einer verantwortlich für dich, und in dessen Haut will ich nicht stecken.»

Unter der Laterne ist es am dunkelsten, denke ich. Ich sage: «Dr. Gelberbloom.» Weil ich unbedingt noch weiter auf diesem Schiff mitfahren will.

«Alles geht vorüber, und schön ist das nicht. Die Welt ist schön. Aber dass alles vorübergeht und es keinen Halt gibt, ist nicht schön. Das ist meine Meinung, und jetzt muss ich den Quirl anschalten, es wird dunkel.»

Er geht ins Führerhaus und winkt mich zu sich. Er erklärt mir das Radarbild, das plötzlich mattgrün vor mir aufleuchtet. Er erklärt mir den Kurs, das Steuer und den Hebel für das Bugstrahlruder.

«Und dahinten kommt gleich die Schleuse. Da gibt es ein kleines Bootshaus, da trinken wir noch einen Absacker, und dahinter ist auch die Schifffahrtspolizei, und da geben wir dich ab. Weil deine Eltern garantiert schon umkommen vor Sorge.»

Er sieht aus, als glaube er das selbst nicht.

«Ich bin froh, dass wir uns kennengelernt haben», sage ich.

Als wir anlegen, wirft der Käpt'n mir ein Tau zu, das ich um einen Poller legen soll. Ich lege es um den Poller und laufe davon, in die warme Nacht hinein.

17

Der Höhenunterschied zwischen Mauer und Ufer ist nur gering.

Mit einem Fuß auf der Mauerkrone, mit dem anderen im Gras holpere ich den Kanal entlang.

Alle paar hundert Meter treffe ich auf einen Poller. Dann und wann in die Spundwand eingelassene Leitern. Oder gelbe Metallgriffe, an denen man absteigen kann, um die Hand ins Wasser zu halten, wenn man will. Oder wenn man ein Arbeiter ist. Ich bin so vertieft in mein künstliches Hinken, dass ich die Computertasche erst bemerke, als ich drauftrete. Sie liegt halb auf der Bewehrung. Eine braune Computertasche, die wirkt, als läge sie schon ewig da. Tropfnass. Der letzte Sturm hat schlammiges Gras über den Tragegurt gekämmt. Ich gebe der Tasche einen Tritt, die Lasche öffnet sich. Ein zweiter Tritt, und die Tasche dreht sich. Auf ihre Rückseite ist mit vier Streifen Gaffa-Tape eine Klarsichthülle geklebt. In der Hülle ein großes Papier, Schwitzwasser, ein Ausweis und ein Handy. Ich lese: *Rufen Sie die Polizei! Ich habe mich umgebracht. Verständigen Sie bitte* – und dann zwei Namen mit zwei Telefonnummern.

Ich sehe mich nach allen Seiten um. In immer größeren Kreisen gehe ich um die Stelle herum. Eine Leiche sehe ich nicht. Ich knie mich vor die Tasche. Ich sehe in das Wasser und in die Ferne.

Ich sehe flaches Gras, Blumen, weiß und rot. Oben auf der Böschung stehen drei Eichen, deren Äste abgebrochen sind. Dicke Stümpfe zu beiden Seiten. Die Kronen sind kahl. Ich gehe um die Bäume herum und sehe hoch. Das Gelände ist übersichtlich, ich gehe weiter und dann zurück. Einsam liegt die Tasche da. In ihrem Innern sind drei Fächer, alle leer. Ich weiß nicht, wie ich die Polizei rufen soll. Ich gehe weiter.

Und weiter durch die Nacht, weiter durch den Sarg aus Sternen, mich schwindelt, ich falle, der Körper fällt durch bodenlosen Nebel, ich schlafe.

Die Wärme des Tages ist im Gras. Ich liege auf dem Rücken. Weiß umrandete Wolken ziehen vor dem Mond vorbei. Ich stelle mir vor, jemand sieht mich von oben, aber niemand sieht mich. Dabei liege ich so malerisch. Das glaube ich, und ich fühle mich so wohl und so tot und wie ein aufgestauter Fluss, über den in der Nacht immer wieder einmal der Wind geht.

geistlos
verachtenswert
nutzlos
unmoralisch
dumm

tot und gestorben und so wohl

18.

Wo wir früher gewohnt haben, stand ein Haus in der Straße, von dem der Putz bröckelte. Es hatte viele zerbrochene Scheiben, von innen war gegen einige Fenster Pappe geklebt. Im Garten stand ein Nußbaum. Der Garten war riesig und verwildert. Im Gras lagen Dachziegel, und hinten stapelten sich Metallrohre. Es gab einen Johannisbeerbusch.

Zwischen den properen Einfamilienhäusern in der Straße war der verwahrloste Garten nur so eine Art Schmutzfleck, und dass auf dem Schmutz auch ein Haus stand, merkte man eigentlich nur, wenn man absichtlich hinguckte. Nur dass man nie guckte, weil da nie was passierte.

Aber da lebte jemand, und der hieß Herr Schedel. Das wusste man. Das war bekannt. Aber woher man das wusste, wusste man nicht. Denn niemand kannte Herrn Schedel. Es gab nur die Geschichten. Und dass der Schedel hieß, wusste man auch nur, weil das auf dem Briefkasten stand. Matthias Schedel, mit lila Filzstift auf gelbem Karton. Ein uralter Mann, der da schon immer gewohnt hatte, vor hundert Jahren schon und schon lange, bevor alle anderen Häuser in der Straße gebaut worden waren. Woran sich nicht mal meine Eltern erinnern konnten. Sie kannten gar keinen Herrn Schedel. Und natürlich hieß er auch bei niemandem Schedel. Alle nannten ihn nur den Irren.

Wenn wir uns mutig fühlten, gingen wir bis zum Zaun und warfen Kiesel in die Fenster, und wenn wir einen Schatten sahen, rannten wir schreiend weg. Dabei war man nie sicher, ob man wirklich einen Schatten gesehen hatte. Das war Gegenstand langer Diskussionen, wenn wir auf der Wippe auf dem Spielplatz saßen und die Sonne unterging. Irgendjemand sagte dann immer, er sei sich nicht ganz sicher, ob der Schatten ein Buckliger oder eine Katze gewesen sei, aber vorletzten Sommer habe er ganz genau gesehen – und so weiter.

Katti, die reiche Eltern hatte, sagte, sie würde einem Jungen einen Euro geben, der über den Zaun springt und ihr eine Handvoll Johannisbeeren holt. Tom, in den Katti heimlich verknallt war, schaffte es einmal bis fast zu den Metallrohren, aber weiter auch nicht. Auch nicht, als Katti zwei Euro sagte. Und auch nicht, als sie versprach, ihm einen Kuss zu geben. Aber das wollte Tom eh nicht. Er wischte sich mit dem Ärmel über den Mund, verzog das Gesicht und spuckte auf den Boden. Und er guckte mich auf so eine verschwörerische Art an, und da wusste ich, dass er mich liebte. Das war ein Gefühl, das kannte ich nicht, und da wusste ich nicht, was man da macht. Also ging ich vor zum Zaun. Ich sah mich um, und alle anderen standen in sicherer Entfernung von mir. Tom gab mir gute Tipps, wie er immerhin so weit gekommen war.

«Ich hab ja den Rekord bisher», sagte er.

Katti gab mir erst auch einen Tipp, behauptete dann, ich würde es sowieso nicht so weit schaffen, und einen

Kuss würde ich auch nicht bekommen. Weil ich ein Mädchen bin.

«Aber das Geld musst du ihr trotzdem geben», sagte wer, und Tom nickte, und Katti sagte: «Die steigt nicht über den Zaun. Die ist nicht wie du, Tom. Außerdem ist sie ein Mädchen.»

«Du bist auch ein Mädchen», sagte ich.

«Ich *will* ja auch eins sein», sagte sie, und da sprang ich über den Zaun und rannte. Ich raste in die Dunkelheit, die immer dunkler wurde, und der einzige Lichtschimmer auf dem Gras kam von der Straßenlaterne, die weit hinter mir an der Straße stand, und da fiel mir ein, dass ich den ganzen Weg ja auch noch zurückmusste. Da bekam ich plötzlich ein Gefühl zwischen meinen Beinen, das ich so noch nie gehabt hatte, und ich dachte, es komme vom Rennen, aber es weder war schmerzhaft noch wirklich angenehm.

Ich rannte auf den schwarzen Schatten zu, der der Johannisstrauch sein musste, und ich brauchte nur den Arm auszustrecken, doch plötzlich war ich vollkommen gelähmt. Blind griff ich zu und streifte die Zweige lang – und stürmte wie irrsinnig zurück, wo meine Freunde auf mich warteten. Aber da war keiner mehr. Sie waren alle geflohen, weil ihnen das zu gefährlich geworden war, auch Tom. Ich fand sie erst auf dem Spielplatz. Sie standen da mit dem Rücken an das Gerüst gelehnt und hatten alle den genau gleichen starren Gesichtsausdruck. Ich öffnete meine Faust und zeigte einen Klumpen aus Blättern, darin auch zwei ganz zermanschte Johannisbeeren, eigentlich nur noch die Hüllen und ganz kleine Kerne.

«*Dafür* gibt es natürlich kein Geld!», platzte Katti raus, steckte ihre zwei Euro mit gespielter Schadenfreude in die Tasche und unterstrich das mit einer entsprechenden Miene in ihrem Leberwurstgesicht.

Und natürlich gab es sofort eine Riesendiskussion, und natürlich waren auch alle auf meiner Seite, aber ich hörte überhaupt nicht. Das Geld war mir egal. Ich hatte es nicht für das Geld gemacht, und dass Toms Stimme die lauteste war, auch das hörte ich nicht. Ich liebte ihn nicht, und ich hatte es nicht für ihn gemacht.

Bevor ich nach Hause ging und um die Diskussion zu beenden, nannte ich Katti noch eine blöde Speckmöse. Keiner wusste, was das war, eine Speckmöse, und ich wusste es auch nicht, das hatte nur mal ein Türke zu mir gesagt, und es klang irgendwie gut. Es verfehlte seine Wirkung auf Katti jedenfalls nicht. Sie erklärte, dass sie nicht mehr mit mir befreundet sein wollte. Dabei war sie nie meine Freundin gewesen.

Ich dachte darüber nach, was das für ein Gefühl gewesen war zwischen meinen Beinen, ein Stich, der weh tat, aber nicht richtig weh, und ich habe da auch noch lange weiter drüber nachgedacht, und noch später oft, wenn ich nachts in meinem Bett unter der Decke lag und mir wünschte, diesen Schmerz noch mal zu haben.

Dann starb mein Vater, dann sang ich im Chor, und später machte ich zwei Jahre lang Leichtathletik und fuhr immer dienstags und donnerstags zum Carl-Diem-Platz. Und in all diesen Jahren, wo ich dort Runden drehte und Hütchen umdribbelte und mit dem Rad da langfuhr, stand immer noch das Haus in dieser Straße.

Die Wippe und der Spielplatz waren längst verschwunden, die mit Pappe zugeklebten Fenster verfaulten, der Garten verwahrloste weiter, und den Nussbaum gab es auch noch, und noch immer hing dasselbe mit lila Filzschreiber gemachte Namensschild am Briefkasten: *Matthias Schedel*. Und auch der Besitzer Matthias Schedel war noch da, auch wenn ich ihn nie gesehen hatte und in all den Jahren auch nie von jemandem gehört hatte, dass er ihn gesehen hatte. Aber manchmal, wenn ich frisch geduscht da vorbeikam, war der Briefkasten am Donnerstag voll mit Werbung, und am Dienstag war der Briefkasten leer. Und so wusste man, dass der da noch ist. Da wohnt noch einer.

Bloß warum wir als Kinder alle so viel Angst vor dem Irren gehabt haben, weiß ich nicht mehr, denn wir wussten ja gar nicht, was das ist, ein Irrer. Und heute, wo ich es weiß, weiß ich auch, dass wir gar keine Angst hatten vor ihm. Sondern vor etwas anderem, von dem wir noch lange nichts wussten.

19

Ich gehe.

Der Weg führt auf eine kleine Straße, die hellgrau ist. Die hellgraue Straße führt auf eine Straße mit blauem Asphalt. Von der blauen Straße zweigt ein Weg ab, der so gerade ist wie ein gerader Gedanke.

Neben mir her läuft seit einigen Kilometern ein taubstummes Kind. Zuerst wusste ich gar nicht, dass es taubstumm ist. Ich redete einfach normal mit ihm, aber ich bekam keine Antwort, das Kind reagierte nicht. Erst als ich mich zu ihm hinunterbeugte, sah es mich grinsend an und hielt mir einen Ausweis hin, der an einem Gummiband an seinem Hals hing. *Ich bin taubstumm*, stand darauf. *Das bedeutet, dass ich weder hören noch sprechen kann. Aber null Problem. Jedenfalls für mich. Das meiste, was die Leute sprechen, ist sowieso uninteressant. Es ist leichtes Geschwätz, und ich bin froh, es nicht hören zu müssen. Im Gegenteil, ich bin glücklicher so. Wie ja übrigens viele Leute, die ein schwieriges Schicksal haben. Die sind immer glücklicher. Nicht die Normalen, das ist ein Naturgesetz. Mein Name ist übrigens Olaf. Lieber würde ich jedoch Heinrich heißen.*

«Und du hast also kein Wort verstanden von dem, was ich dir seit zwei Stunden über Cantor und das Zweite Diagonalargument erzählt habe?»

«Nein», sagt sein Gesicht.

«Wirklich kein einziges Wort?» Ich sehe ihm fest in die

Augen. Er schüttelt wild den Kopf. Ich halte sein Kinn mit zwei Fingern hoch und schaue ihm in die Augen.

Er zieht die Oberlippe über die Unterlippe, hebt die Augenbrauen, sieht mich an und wedelt mit seinem Ausweis.

«Na schön, dann nenne ich dich Heinrich», sage ich. «Heinrich der Glückliche.»

«Das macht mich froh», antwortet er, «ich bin Ihnen sehr dankbar, junge Frau. Sie sehen übrigens sexuell sehr attraktiv aus. Ich weiß nicht, ob Ihnen das schon mal jemand gesagt hat, und ich sage es auch ohne Hintergedanken, wir haben ja einen sehr großen Altersunterschied. Jedoch hören Sie das sicher oft? Das Sexuelle.»

«Nein, noch nie.»

«Das kann ich mir kaum vorstellen. Und an Ihrem Erröten erkenne ich, dass Sie die Wahrheit sprechen. Sie sind bescheiden und ein guter Mensch, das ist selten.»

«Du bist auch ein guter Mensch, Heinrich. Glücklich und gut.»

«Wir sind beide gut und glücklich.»

«Obgleich wir auch traurig sind.»

«Aber da denken wir nicht dran.»

«Nein, da denken wir nicht dran.»

Ich bin müde. Ich kann nicht mehr. Als wir an einer Bank vorbeikommen, die so groß ist, dass man bequem darunter übernachten kann, sage ich, unsere Wege müssten sich hier trennen.

«Deine Eltern vermissen dich sicher schon. Besser, du gehst jetzt zurück.»

Er will bei mir bleiben.

«Nein», sage ich entschieden. «Morgen wärst du eh fort.»

«Nein, wäre ich nicht», schreit sein ganzes Gesicht. «Ich würde bei dir bleiben. So lange, wie du mich brauchst!»

Er protestiert heftig und legt als Zeichen seiner Loyalität beide Hände auf sein Herz. «Ich kenne dich doch schon so lange, und ich bin loyal.»

«Was du für Worte weißt!», rufe ich. «Und was genau meinst du mit loyal?»

«Loyal heißt treu. Ich bin treu. Meine Ehre heißt Treue.»

«Schön wär's. Aber ich kenne dich leider besser als du dich selbst, und noch ehe der Hahn zum dritten Mal kräht, wirst du mich verlassen. Und das ist auch gut so. Mein Weg ist lang und einsam. Besser, du kehrst nun um.»

«Ich bin treu», sagt das Kind noch einmal, indem es die Lippen bewegt und unverständliche Laute dazu macht.

«Du weißt doch gar nicht, was Treue ist. Treue gibt's nur im Krieg. Oder man sieht an Tieren, was Treue ist. Tiere sind noch hundertmal treuer als jeder Mensch. Kennst du die Geschichte von dem Schäferhund? Das war mit dem Touristen in Spanien. Die kennt eigentlich jeder. Der Mann hat da Urlaub gemacht, der Mann und seine Frau und die Kinder in einem Mercedes. Und eben auch der Hund. Und dann sind sie nach Dortmund zurückgefahren und haben den Hund dagelassen. Nicht aus Versehen, sondern weil er immer so gestunken hat, und die Kinder mochten ihn schon lange nicht mehr, und da stand er dann plötzlich auf einem spanischen Autobahnparkplatz, dreitausend Kilometer weit weg von zu Hause, und er wusste ja nicht, wo das ist. Und wo Dortmund ist. Wahrscheinlich wusste er nicht mal, dass er in Spanien ist.»

Ich mache eine lange Pause, um nachzudenken, wie es weiterging. Während ich versuche, mich ganz genau an die Details zu erinnern, fällt mein Blick auf den Kleinen. Mucksmäuschenstill hockt er neben mir und starrt mich mit weit aufgerissenen Augen an. Auf seinen Wangen glänzen feuchte Spuren. Seine kleine Nase zittert, und ich habe den dringenden Wunsch, sie sofort zu berühren.

«Und dann? Was ist dann passiert?»

«Was ist passiert? Ja, das ist die Frage», sage ich, «das ist eine ganz seltsame Geschichte», murmle ich und lege dem Kleinen die Hand in den flaumigen Nacken. Ich streichle ihn. Ich streichle und kneife ihn gleichzeitig ein bisschen.

«Ist der Hund gerettet worden?»

Ich muss nachdenken.

«Ist seine Familie wiedergekommen? Bitte, bitte.»

«Die Familie.» Die hatte ich ja schon ganz vergessen. «Tja … die Familie, das ist auch so was … am besten lehnst du dich an mich, so. So kann man am besten erzählen.»

Er zögert und lehnt sich dann an mich, wie man sich an einen Pappkarton lehnt, bei dem man unsicher ist, ob er dem eigenen Gewicht standhält. Mit Ringfinger und Mittelfinger streichle ich weiter seinen Nacken.

«Also der Hund», sage ich. «Das kann ich dir sagen, was dann passiert ist. Mit dem Hund. Der wusste natürlich nicht, was er machen sollte. Er konnte ja keinen fragen. Und deshalb war er erst mal sehr traurig. Das ist ganz natürlich.»

Sein Gewicht lastet jetzt ganz auf meiner Seite.

«Er hätte jetzt natürlich in Spanien weiterleben können. Immerhin fahren da Leute ja freiwillig hin, nach Spanien, und finden es gut. Aber er fand es da nicht gut. Was man erst mal nicht verstehen kann. Weil der Mensch anders ist, der kennt das gar nicht. Aber von innen, vom Hund aus her gedacht, ist das das Logischste auf der Welt, weil er einfach diesen Charakter der Treue hat. Und deshalb war er traurig. Er war traurig und hat gehofft, dass alles nur ein Scherz war und dass seine Familie wiederkommt und ihn holt. Aber sie haben ihn nicht geholt. Und dann ist ihm eine Idee gekommen. Ganz plötzlich, wo man sich fragt, warum er die nicht gleich gehabt hat. Denn er hat sich natürlich an seinen Geruchssinn erinnert, und dann hat er so lange auf dem Parkplatz herumgeschnüffelt, bis er endlich die Spur von dem Mercedes gefunden hat, und dann ist er nach Dortmund gelaufen. Für Hunde ist aber jede Strecke siebenmal so lang wie für Menschen, also eigentlich wären das 20 000 Kilometer bis nach Dortmund, praktisch einmal halb um die Erde.

Die Beine des Hundes wurden immer kürzer, je länger er lief. Und eines Tages schaut der Mann aus dem Fenster, und da liegt auf der Terrasse der Hund auf dem Bauch, und die Beinstummel an seiner Seite pendeln in der Luft, ohne den Boden zu berühren. Ein Wunder, dass er es überhaupt die letzten Meter geschafft hatte. Aber er hatte es geschafft. Und da erkannte sein Besitzer, was wahre Treue bedeutet, und obwohl der Schäferhund nicht mehr zu gebrauchen war, hat der Besitzer sich eine Träne aus dem Augenwinkel gewischt, das Tier auf den sonnengebräunten Armen ins Haus getragen und ihm einen Ehrenplatz auf dem Sofa gegeben. Und weil sich das natürlich rumgesprochen hat, ist dann sogar einer von der Lokalzeitung gekommen und hat ein Foto gemacht, das wurde dann über dem Sofa aufgehängt, *Deutschlands tapferster Schäfer*, und es sind immer mehr Leute gekommen, die den Helden sehen wollten, und immer mehr und immer größere Zeitungen, die auch ein Foto brauchten, sogar der Spiegel, was die wichtigste Zeitung von allen ist, und da ist er dann auf dem Cover vom Spiegel gewesen, *Das Geheimnis der Treue*, und wer sich natürlich am meisten über den Ruhm gefreut hat, war der Hund. Deshalb ist er auch heute noch Deutschlands prominentester Schäferhund, und alle sprechen immer noch von ihm.»

«Und wie hieß der?»

«Rudi. Der hieß Schäferhund Rudi. Das ist auch schon lange her, das kannst du nicht googeln, aber in den Archiven findest du es noch.»

«Und was ist dann passiert?»

«Also, was der heute macht, weiß ich nicht mehr ganz genau. Aber er hat auf jeden Fall seinen Ruhm genossen. Er ist einfach immer ein prima Kumpel geblieben. Wenn Leute ihn besucht haben, weil er für so viele ein Riesenheld war, hat er gar kein Aufhebens gemacht, wobei ich das also nicht mehr ganz genau weiß. Aber ich bin sicher, er hat immer nur superfreundlich zur Begrüßung gehechelt, wenn Besuch kam, und dass er Tag und Nacht entsetzliche Phantomschmerzen gehabt hat, hat er sich nie anmerken lassen. Er war halt nicht nur supertreu, sondern auch supernett und höflich, und zum Abschied hat er allen immer nur bescheiden mit seinen Stummeln zum Abschied gewinkt. So ein großartiger Hund war Rudi, ein Musterbeispiel männlichen Charakters. Übrigens sind alle Schäferhunde so.»

«Und war er auch im Fernsehen?»

«Soll das ein Witz sein? Natürlich war er im Fernsehen! Er war so beliebt im Fernsehen, dass sogar drüber nachgedacht wurde, einen eigenen Sender für ihn zu machen, Rudi TV. Wo er dann eine eigene Talkshow hätte kriegen können. Oder eine Quizshow. Quizshow wäre ihm sogar noch lieber gewesen, mit dem Hund von Günther Jauch zusammen. Aber weil er es trotz vieler Mühe nicht geschafft hat, korrekt sprechen zu lernen, also *richtig* zu sprechen, nicht nur wie ein Hund oder ein Mongo, wo die Leute auf dem Sofa sitzen und mit dem Finger auf den Fernseher zeigen und über ihn lachen, wollte er das nicht. Und deshalb hat er nur Werbung gemacht, wo ihn ja auch viele Leute geschätzt und kennengelernt haben.»

Er denkt nach und sagt: «Und wofür hat er Werbung gemacht?»

«Für alles Mögliche, hauptsächlich Sheba.»

«Das ist aber für Katzen –»

«Das weiß ich auch. Er war aber sogar bei Katzen so berühmt und beliebt, dass alle Katzen ihm immer ihr Futter mit der Nase hingeschoben haben», sage ich, und ich fange an zu weinen, weil das Verhalten der Katzen alles andere als selbstverständlich ist. «Rudi war einfach immer korrekt und anständig, und als Schatten folgt er mir schon auf meinem ganzen Weg, wenn auch nur im Geiste, denn er ist ja tot.»

Zum Abschied möchte der Junge mir unbedingt noch etwas schenken; damit ich ihn nicht vergesse, sagt er. Es sei eine Sache auf Leben und Tod. Er will mir sein Kärtchen schenken, damit ich es um den Hals tragen kann. Vielleicht glaubt er, dass es mich genauso glücklich macht wie ihn. Aber das glaube ich nicht, denn ich bin ja nicht wirklich taubstumm, und so nützt es nichts.

Ich umarme ihn, und er hat Tränen in den Augen. Unter der Bank lege ich mich schlafen. Am nächsten Morgen ist er verschwunden.

20.

Ein Mann kommt mir entgegen. Im Gehen isst er ein halbes Baguette, das mit Käse, Schinken, Ei und Salatblatt belegt ist, wie man es fertig am Imbiss kaufen kann für drei oder vier Euro.

«Haben Sie was zu essen für mich? Kann ich mal bei-ßen?»

Sofort hält er mir das Brot hin.

Ich mache meinen Mund so weit wie möglich auf, beiße so viel ab, wie mit einem Mal geht, und gebe ihm das Brot zurück. Er nimmt es nicht.

«Behalt's», sagt er, und ich sage: «Danke.»

Ich weiß nicht, ob er sich vor meinen Bazillen fürchtet oder ob er einfach nett ist. Sein Blick wandert zwischen meinen Augen hin und her, um zu sehen, was ich in seinem Gesicht erkenne.

«Ich bin satt», sagt er. «Und ich mag diese Remoula-densauce sowieso nicht so, die sie jetzt immer auf alles machen.» Er sieht an mir vorbei auf den Waldweg. «Wo kommst du denn her?»

«Traffamaha», sage ich mit vollem Mund. «Trastá-mara.»

«Kenn ich nicht. Ist das da? Oder wo ist das?»

Ich muss weiterschlucken.

«Ist das eine Stadt?»

«Das ist ein Planet.»

«Verstehe. Und jetzt zu Besuch auf der Erde?»

«Kann man so sagen. Wie alle.»

«Verstehe. Und bist du da, um der Menschheit den rich-tigen Weg zu zeigen? Oder um sie auszulöschen?»

«Ich habe mich noch nicht entschieden.»

«Oder zur Rekognoszierung? Wenn ich mir persönlich was wünschen dürfte, würde ich darum bitten, noch etwas mit der Auslöschung zu warten. Ich muss heute Nachmittag meine Tochter vom Kindergarten abholen.»

«Ihre Wünsche spielen keine Rolle. Auslöschung steht auch nicht in meiner Macht.»

«Keine Macht? Als Haupt der außerirdischen Invasion?»

«Ich bin kein Haupt. Ich bin keine Invasion. Ich bin nur Titularkönigin von Kastilien und León, und meine Truppen sind abgängig. Deshalb. Normal wäre mir Auslöschung auch lieber.»

«Das beruhigt. Es ist immer wieder eine Freude, sich mit jungen, intelligenten Menschen zu unterhalten, die noch Ideale haben im Leben.»

Wir verabschieden uns freundlich. Das gefällt mir gut, und ich freue mich so, sodass ich ihm noch einmal danke: «Danke, vielen Dank für das Schinkenbrot.»

Er ist schon weitergegangen und dreht sich noch einmal um.

«Du wirst es brauchen auf deiner Mission.»

21.

Im Dorf gibt es einen Billigmarkt, der *Billigmarkt* heißt. Ich sehe einen Mann da herauskommen. Er schraubt eine Wodkaflasche auf, wirft den Verschluss in die Büsche und läuft trinkend im Park rum. Dann setzt er sich nicht weit von mir auf eine Bank, auf der schon eine Frau sitzt. Er pöbelt die Frau an. Die Frau ist etwa so alt wie er.

Sie steht langsam auf. Mit einer Hand greift sie nach der Wodkaflasche, die er wegzieht, mit der anderen haut sie ihm voll ins Gesicht. Er boxt sie in den Bauch, und sie sinkt auf die Bank zurück. Sie schreit: «Er hat mich geschlagen! Er schlägt Frauen. Warum tut denn keiner was?» Sie sieht sich um. Die Leute, die reihum auf den Bänken sitzen, schauen sie nicht wirklich an, nur so ungefähr in die Richtung. Der Blick der Frau bleibt an mir hängen. Ich mache nichts. Ich schaue die anderen an, die wegschauen. Oder hinschauen. Oder nur zuhören. Um es nicht zu hören, ist es zu laut.

Sie nennt ihn die Scheiße einer Scheiße, und er nennt sie einen Riesenhaufen Scheiße, der aus dem Scheißmund stinkt. Wie Scheiße. Und so weiter.

Manchmal hört es sich an wie Weinen, dann explodiert die Lautstärke wieder. Sie nennt den Mann Scheißschlappschwanz, und er gibt ihr eine Ohrfeige und sagt: «Selber Scheiße. Du bist selber Scheiße. Das bist du nämlich.»

Zwischendurch trinkt er aus der Flasche. Die Frau blutet an der Lippe.

Jetzt hat sie die Flasche, und er weint.

Ein Mann geht auf die Wodkapenner zu und schiebt sie auseinander. Er trägt eine beige Hose und ein Poloshirt, als hätte er sich von einem Golfplatz hierher verirrt.

«Was willst du Pisser?», ruft der Trinker. «Ich war im Krieg. Scheiße.»

«Lass mal.»

Der Golfer hat die blutende Frau gepackt und zieht sie weg. Sie will aber nicht weggeführt werden und kreischt: «Lass mich los, ich hau ihm auf die Fresse! Lass mich!», aber der Golfer schiebt sie einfach weg. Nach ein paar Metern hängt sie sich in seinen Arm und jammert mitleiderregend, muss aber nicht mehr gezogen werden.

«Ja, knall die Alte doch!», ruft der Penner auf der Bank. «Kriegst du Aids! Hat sie Aids, die Fotze, du Pisser. Na los, knall sie doch, Aids kriegst du! Pest, Tripper, Aids!»

Erst sieht es aus, als wolle der Golfer sie in ein Gebüsch ziehen, aber er führt die Frau zu einer grünen Wasserpumpe und hält sie fest, damit sie sich die Lippe abwaschen kann.

Der Mann, der immer weiter von Scheiße faselt, sieht sich in der Runde um. Sofort blicken alle wieder in ihre Zeitungen. Nur ich habe ihn einen Moment zu lang angesehen, und er kommt sofort zu mir, lässt sich neben mich auf die Bank fallen und atmet Alkohol- und Verwesungsgeruch in meine Richtung.

«Soll er sie doch knallen, die Alte! Die Scheiße hat nämlich Aids und alles. Fotze.» Er wiederholt den Satz mit dem Knallen, der Fotze und den Krankheiten noch etwa fünfzehn Mal.

Am Schwarzen Brett vor dem Supermarkt ist mit vier Reißnägeln ein von Hand geschriebener Zettel befestigt.

Bitte, bitte, bitte, bitte helfen Sie mir! Ich bin eine 58-jährige Jungfrau und wurde ganz brutal in eine Frauenarztstudie gedrückt. Jetzt hat mich unberechtigt ein türkischer Arzt als Frauenarztstudie genommen, woraufhin ich mich bei der Ärztekammer beschwerte mit dem Erfolg, dass sich unberechtigt eine feministische Ärztin von der Kammer, die sonst nicht für mich zuständig ist, eingeschaltet hat und mir nachts, wenn ich schlafe, ungewollten Sexualunterricht gibt. *Ich hasse Feministinnen.* Sie wollte Türken und Araber auf mich ansetzen, aber kein Türke und kein Araber lässt sich ansetzen. Und jetzt kriege ich einen Horror: Ich bin Afrikanerin in der 5. Generation und Chinesin in der 4. Generation. Außerdem habe ich einen französischen Namen, wurde aber nicht franzosenfeindlich erzogen, weswegen andere Hugenotten mich am liebsten zerfleischen. Die Ärztin verlangt von mir, dass ich im Puff mit meinem Tierblut Afrikaner und Asiaten nehme. Sie hat einen afrikanischen Arzt, der mich ficken will, außerdem Franzosen. Keiner meiner Vorfahren liegt mir so, dass ich ihn ohne Ekel an mich heranlassen kann.

Drinnen im Supermarkt stecke ich Wurst und Käse unter mein T-Shirt. Vor dem Ausgang hält mich ein Mann auf. «Kann ich mal sehen, was du da unter dem Hemd hast?

«Lassen Sie mich», sage ich.

Er lässt meinen Arm aber nicht los und setzt eine Miene auf, die sagen soll: Ich bin ein Mann. Und ich bin stärker als du, schneller bin ich auch, und du kannst nicht weglaufen.

«Meine Mauer ist vier Meter hoch», sage ich. «Ich habe die Blaumeisen-Lizenz.»

Er packt meinen Arm fester, macht einen Schritt zurück und zerrt mich hinter sich her. Sein Blick kreiselt auf meinem Körper auf und ab, an meinen Rändern und darüber hinaus. Meine Augen trifft er nicht.

«Meine Mauer ist vier Meter hoch!», wiederhole ich. «Haista paska.»

Er sieht zwischen der Kassiererin und mir hin und her. Den Moment nutze ich zur Flucht. Ich reiße mich los und renne. Die Wurst rutscht mir aus dem Gürtel, den Käse fange ich im Laufen auf. Ich sehe mich um. Er keucht mir hinterher. Wie das Sprintduell ausgeht, muss ich wohl nicht sagen. Ich renne fünf Kilometer auf einer kleinen Straße zwischen Häuschen und kleinen Wäldchen hindurch. Dann kommt ein Industriegebiet, dann Brachland, dann wieder Häuschen. Ein Bauernhof, Wiesen, eine drehbare Litfasssäule, ein Fahrradständer. Deutschland.

In einer Seitenstraße sehe ich riesige Mengen von Schulkindern aus einem Flachbau strömen und ausschwärmen. Kleine Kinder, nicht ganz so kleine und welche in meinem Alter. Ich überhole sie alle, ich renne. Ein Mädchen ist froh, dass die Schule vorbei ist. Ein Junge hält einen anderen im Schwitzkasten. An einer Bushaltestelle hat sich eine Traube gebildet. Vor mir nur noch Fahrradfahrer. Ich renne zwischen Wiesen. Felder mit Treibhäusern. Felder. Wald. Ich bin allein mit dem Autoverkehr. Ich stelle mich hinter einen Baum, damit die Autofahrer mich nicht weinen sehen.

22.

Abseits auf einem Holzstapel sitzt ein Mann. Neben ihm steht eine Flasche Wasser, und ein gelber Bauarbeiterhelm schaukelt hin und her.

«Kann ich was?», frage ich.

Das Wasser ist warm und ohne Kohlensäure wie bei meiner Großmutter im Keller.

«Ich bin alt», erwidert er und sieht mich jetzt erst richtig an. Bisher hat er die ganze Zeit die Männer, die unterm Kran arbeiten, schräg hinter sich beobachtet. Nun liegt sein Blick auf meinem Gesicht, als wäre ich ein Gespenst.

«Ich *bin* alt», wiederholt er und starrt auf meinen Bauchnabel. Er starrt auf meine Füße. Er starrt mir ins Gesicht.

«Du hast keine Ahnung», sagt er und hört erst auf, mich anzustarren, als unterm Kran Kettengerassel und Fluchen zu hören sind.

«Hartmann!», brüllt er. «Hartmann!»

Sein Mund bleibt halb offen stehen, er hustet.

«Armleuchter», flüstert er laut.

Über seinem unrasierten Gesicht liegt eine Schicht aus Rotz, Schweiß, Dreck und Holzstaub. Um die Augen ist der Abdruck einer Schutzbrille zu sehen.

«Danke für das Wasser», sage ich.

«Keine Ahnung», sagt er. «Du hast keine Ahnung, was das Alter ist. Was alt sein ist. Und keine Ahnung, was jung sein ist.»

«Hauptsache, Sie wissen's.»

Er holt eine in Alufolie gewickelte Käsestulle aus der Tasche.

«Wenn du alt bist, ist alles verloren.» Er beißt in sein Brot. «Was du heute erlebst, ist eine zukünftige Erinnerung.»

«Wahnsinnig tiefsinnig. Trotzdem danke für das Wasser», sage ich und gehe.

«Bleib», ruft er mir hinterher.

«Warum?»

«Weil ich dir Wasser gegeben hab. Und weil ich dir was erzählen will. Ich hab keinen, dem ich das erzählen kann.»

«Und warum mir?»

«Das sag ich dann.» Er starrt mich an, wie viele Männer. Aber dem Blick fehlt das Gierige.

«Ich hatte auch mal ein Mädchen, und ich meine nicht Tochter. Ich meine Mädchen. Da war ich ein Junge. Ich war zwölf. Ich glaube, ich war zwölf. Ganz genau erinnere ich mich nicht. Ich weiß nicht mal mehr genau, wie sie hieß. Das glaubst du wahrscheinlich nicht. Aber ich weiß wirklich nicht mehr, wie sie hieß. Sie hieß Anne oder so, aber das war nicht ihr richtiger Name. Sie hieß wahrscheinlich Annemarie oder Marianne oder sonst noch ganz anders. Ich habe schon als erwachsener Mann – guck mich an –, als erwachsener Mann nächtelang über ihren Namen nachgedacht. Vielleicht auch Mariam. Oder Marie. Aber ich weiß es nicht mehr. In dem Sommer damals war sie die Anne.

Sie hatte keinen Nachnamen. Sie wohnte auf dem Bauernhof. Der Bauer hieß Kirst, das weiß ich noch, aber wie sie hieß, weiß ich komischerweise nicht mehr, und sie war nicht die Tochter vom Bauern. Sie war immer nur zu Besuch. In den Ferien wahrscheinlich. Oder an Wochenenden. Und dann sahen wir uns, jedes Wochenende. Wobei in meiner Erinnerung immer Wochenende war. Kann sein, dass sie nur ein einziges Mal kam, in den Sommerferien – und die Sommerferien waren unendlich lang. Und wahrscheinlich glaubst du das alles gar nicht. Dass einer den Namen seiner ersten Liebe vergessen kann, das seh ich, so was kann man doch gar nicht vergessen. Aber du bist noch jung, und ich war noch viel jünger als du, und du wirst dich noch wundern.

Ich weiß wirklich nicht, wie sie hieß. Ich weiß kaum, wie sie aussah, und ich weiß auch nicht, was wir machten. Es gab Pferde auf dem Bauernhof, und ich nehme an, sie interessierte sich für Pferde. Sie war ja ein Mädchen. Aber da ist auch kein Bild, wo ich sie mit einem Pferd zusammen sehe. Oder uns. Selbst sie sehe ich nur noch schemenhaft. Irgendwas Dunkles, dunkle Haare oder dunkle Augen. Und das alles ist auch nicht wichtig. Nicht wichtig, wie sie hieß und wie sie aussah und ob Ferien waren oder nicht.

Nicht wichtig, bis auf die Liebe, und im Grunde war auch die Liebe nicht wichtig. Sondern der Weg zu ihr. Das war das größte Glück.

Ein kleiner Sandweg, den ich Tag für Tag ging, erst querfeldein, dann am Knick an den Farnen entlang, ein heller, trockener, staubiger und immer sonnenbeschienener, sich durch die Feldmark windender Weg. Auf dem mir nie jemand begegnet ist. Und wenn mir einmal jemand begegnet wäre und hätte mir erzählt, dass dieser Tag und dieser Weg und wie ich Tag für Tag an immer genau der gleichen Stelle mit der flachen Hand über die Farnblätter streiche, während immer und immer die Sonne scheint, dass in meiner Erinnerung nur das zurückbleiben würde und dass ich nie glücklicher sein würde als in diesem Moment, dann hätte ich ihn angeguckt, wie du mich jetzt anguckst. Weil du nicht weißt, was Zeit ist. Du weißt es nicht. Aber bald wirst du es wissen, und dann liegst du einen Meter fünfzig unter der Erde. Und darum erzähle ich dir das. Weil ich vielleicht der bin, der dir sagt, dass du mit der Hand über die Farne streichst, ohne es zu wissen.

Das Glück macht nie so glücklich wie das Unglück unglücklich. Und das liegt nicht daran, dass es länger dauert, das Unglück. Es ist einfach so.»

Pause.

«Und natürlich erzähle ich dir das auch noch aus einem anderen Grund. Weil du ihr ein bisschen ähnlich siehst.

Anne. Nicht vom Aussehen her. Du bist ja auch nicht der dunkle Typ. Aber vielleicht weißt du, was ich meine. Es gibt Männer, die mögen Mädchen wie dich. Das hast du vielleicht schon mitgekriegt. Es gibt Jungen und Männer, die mögen Mädchen, die so sind wie du. Das sind wenige. Die meisten – fast alle – mögen den anderen Typ.»

Er legt mir die Hand auf die Schulter, sieht mich eine Weile an oder durch mich hindurch, und zieht die Hand dann erschrocken zurück.

«Aber ich bin nicht so. Ich bin alt. Jetzt geh.»

«Ich hab Öl auf der Schulter.»

«Als Erinnerung.»

Beim Weitergehen komme ich an sechs oder sieben seiner Kollegen vorbei, die uns haben sprechen sehen. Sie sitzen auf Getränkekisten, auf Balken, auf dem Boden, halten gelbe Helme in den Händen und trinken Bier. Als ich weiter bin, sagt einer was, alle lachen. Der Alte, der mit mir geredet hat, ist da schon weggegangen.

23.

Ich durchsuche die Mülleimer, die in Rudeln vor den Häusern stehen. In den kleinen Tonnen ist oft mehr als in den großen. Gardinen werden beiseitegeschoben, Leute starren mir nach. Hunde bellen. Die Dämmerung verschlingt mich. Es ist ein Unterschied, ob man nachts wandert oder am Tag. Mir ist Nacht lieber. Ich habe gute Augen.

Ich komme durch kühlen Wald und zwischen Feldern hindurch. Autos blenden auf. Jedes fünfte Auto hupt. Ich wechsle die Straßenseite, sodass ich in Fahrtrichtung gehe, und dann wechsle ich wieder die Straßenseite. Ich sehe Lichter am Horizont und erreiche ein Dorf. Hier gibt es keine Mülleimer. Lange stehe ich an einem Zaun und betrachte durch ein breites Wohnzimmerfenster ein grünblaues Aquarium, hinter dem eine vierköpfige Familie zu Abend isst. Ich zähle elf Fische, zwei große graue und neun kleine bunte. Es gibt so eine Art Playmobilschloss unten im Wasser, durch das die kleinen bunten gern schwimmen.

In der Ferne fällt Licht zwischen Pollern, Säulen und Bäumen weit über die Straße. Zuerst halte ich es für eine Tankstelle. Aber es ist ein Supermarkt hinter einem riesigen Parkplatz. Es ist noch offen, die Schiebetüren gehen auf und zu. Im Innern ist niemand. Auf dem Parkplatz steht ein Dreirad.

Vier Jungs sitzen auf der Treppe vor dem Supermarkt. Sie sind alle ungefähr gleich alt. Ein Cooler und drei Muschis. Ich schnorre eine Kippe und setze mich dazu. Wir rauchen. Später stehen der Coole und zwei andere auf und gehen weg. Der Vierte steht auch auf. Er stellt einen Fuß auf den Fahrradständer und stützt einen Ellenbogen auf sein Knie, als brauche er Unterstützung beim Rauchen. Er sieht mich absichtlich nicht an. Nach einer Weile schaut er sich nach seinen verschwundenen Kumpels um. Dann setzt er sich wieder.

Wir rauchen noch ein paar Zigaretten. Er drückt die Kippen seitlich an den Sohlen aus wie in Filmen. Aber er hat es nicht drauf.

Als der Supermarkt schließt und eine Angestellte Einkaufswagen auf dem Parkplatz zusammenschiebt, sagt er: «Ich muss jetzt nach Hause. Mit dir kann man nicht reden.»

Er wischt die Asche von seinen Schuhen und steht auf. Er sieht mich an. Dann sieht er über die Straße. Aber er macht keine Anstalten zu gehen. Er setzt sich wieder. Dann schüttelt er den Kopf. Er sieht mich an. Dann seufzt er.

Er beugt sich vor, fährt mit dem Zeigefinger über den Asphalt, schließlich schüttelt er noch mal den Kopf.

Damit ist sein Repertoire an Ich-bin-ratlos-und-möchte-sprechen-Gesten erschöpft.

«Oh, Mann», sagt er.

Ich sage nichts.

«Ich geh dann nach Hause. Zu meiner Familie und meinen pickligen Schwestern.»

Ich sage immer noch nichts. Seine Probleme interessieren mich nicht.

«Das kannst du dir nicht vorstellen. Meine Familie. Mannomann.»

Ich stütze mich nach hinten mit beiden Händen ab und schaue hoch in den Himmel. Er schaut auch hoch. Dann blickt er mich kurz aus den Augenwinkeln an und fängt an zu erzählen, von seinem Vater, von seiner Mutter, von den Schwestern. Die Schwestern schlafen neben ihm in einem Zimmer, das doppelt so groß ist wie seins. Die eine heißt Jenni, die andere Sophie.

«Das ist die Hölle.»

«Was?»

«Hörst du mir überhaupt zu?»

«Du hast zwei Schwestern, die sich dauernd streiten und in einem Zimmer wohnen, das größer ist als deins.»

«Ich sag ja, mit dir kann man nicht reden.»

Er steht auf und reckt sich. Aber er geht nicht. Breitbeinig steht er da und versucht, Rauchringe in die Luft zu blasen. «Wenn ich nach Hause komm, läuft wieder ‹Deutschland sucht den Superstar›. Das ist immer noch das Ding. Und die beiden sitzen vorm Fernseher und kreischen.»

«Und das ist die Hölle?»

«Sag ich ja. Und sie schicken die ganze Zeit SMS für ihren Favoriten, für den süßesten Jungen. Dabei geht es gar nicht um süß.»

«Und?»

«Jenni will sich jetzt bewerben. Das ist die ältere. Sophie ist ein Jahr jünger als ich. Aber Jenni ist drei Jahre älter, und sie spielt Klavier. Stell dir das vor. Die blamiert doch die ganze Familie. Hölle.»

«Willst du wissen, was die Hölle ist?»

«Sie hat schon ihren Casting-Termin. Und wenn sie im Fernsehen ist und ich dann in die Schule komm, und alle haben die fette Kuh gesehen –»

«Das ist die Hölle», sage ich. Ich lege den Zeigefinger auf meine Nasenwurzel. «Das.»

«Hä?»

«Kann sie denn Englisch?»

«Was meinst du mit Englisch?»

«Daran scheitern die meisten. Am Englischsingen.»

«Du guckst dir diesen Scheiß auch an?»

«Was ist daran Scheiß?» Ich mache einen großen Rauchring und schicke einen kleineren hindurch. «Das ist kein Scheiß. Ist doch gut. Ich könnte sofort mitmachen, wenn ich Englisch könnte.»

«Wieso, kannst du kein Englisch?»

«Ich kann Englisch. Aber nicht gut genug. Kein Tee-Aitch. Da kannst du nicht hin, wenn du kein Tee-Aitch kannst.»

Wir schweigen. Dann sage ich: «Die Hölle bin ich.»

«Das ist mir jetzt zu blöd», sagt er. Er sieht sich ratlos um, dann murmelt er: «Und ich dachte, du wärst cool.» Er schlendert über den Parkplatz davon.

«Hast du Geld?», rufe ich ihm hinterher. «Nur ein bisschen. Ein Euro. Fünfzig Cent.»

Er dreht sich nicht einmal um. Er schaut rechts und links nach den Autos.

«Ich blas dir auch einen.»

Mit hochgezogenen Schultern geht er über die Straße.

«Wahrscheinlich nicht mal Haare am Sack.»

24.

Am nächsten Morgen komme ich in ein Dorf mit schönen alten Häusern. Die meisten haben einen Giebel über dem Eingang, manche sogar eine Veranda. Kinder fahren Fahrrad. Am Ende der Straße steht ein Eiswagen. Vor einer großen weißen Villa mäht ein Mann Rasen. Er drückt den Mäher mit dem ganzen Gewicht seines Körpers voran. Er wirkt traurig. Die Schweißperlen, die ihm übers Gesicht laufen, sehen aus wie Tränen.

Ich sage dem Mann, dass ich den Rasen für ihn mähen kann und dass er mir Geld dafür geben muss. Er legt einen Hebel um. Der Benzinmotor geht puckernd aus.

«Ich kann den Rasen für Sie mähen», wiederhole ich. «Und Sie müssten mir Geld dafür geben.»

Der Mann sieht sich um, als hätte er Schwierigkeiten zu erkennen, woher die Stimme kommt. Ich drücke meinen Bauch gegen den Zaun. Die Sonne scheint.

«Ich kann das», sage ich. «Ich hab schon viele Rasen gemäht.»

Ich habe noch nie einen Rasen gemäht.

Der Mann wischt sich den Schweiß aus dem Nacken und blinzelt in die Sonne.

«Ich bin da gut drin.»

Er stützt beide Hände in die Hüften, sammelt geräuschvoll Rotz in seinem Mund und spuckt ins Beet neben sich.

«Das ist ein Makita», lese ich die Aufschrift auf dem

Rasenmäher. «Damit kenn ich mich aus. Hat nicht jeder. Respekt.»

Der Mann schaut die Straße hoch und runter, wischt sich mit beiden Händen übers verschwitzte Gesicht und starrt mich zwischen seinen Fingern hindurch an. Dann schaltet er den Motor wieder ein. Er zeigt mit dem Kinn auf eine Gartenpforte und wartet, bis ich zu ihm herumgekommen bin. Ich lege meine Hände neben seine auf den schwarzen Griff. Die Sonne brennt. Der Mann bewegt die Lippen, aber ich verstehe nichts. Ich zeige auf den Motor. Der Mann nickt, bewegt noch einmal die Lippen, und ich verstehe wieder nichts. Im Westen ziehen dunkle Wolken auf. Der Mann geht ins Haus, und ich mähe kreuz und quer den Rasen. Als ich alles gemäht habe, mähe ich alles noch einmal. Und dann mähe ich noch einmal außen rum an den Blumenbeeten entlang. Dann noch mal innen am Haus, wo Steinplatten liegen.

Am Ende schalte ich die Maschine aus. Der Mann kommt aus dem Haus und nickt. Ich nicke auch. Wir schauen uns um. «Der Makita PLM4611», sage ich, «hat eine Leistung von 2,33 kW und ein großzügiges Turbinenrad für ein optimales Fangergebnis.» Das habe ich auf dem Schild mit den technischen Daten gelesen. «Mein Vater hat denselben. Es gibt Unmengen andere Rasenmäher. Aber der hier ist eins a.»

Der Mann antwortet nicht. Erst nach einer längeren Pause fragt er: «Wie viel Geld willst du denn dafür?»

«Fünfzig Euro.»

«Das ist zu viel.»

«Zwanzig.»

Er gibt mir zehn Euro. Dann fragt er, wozu ich das Geld brauche. Und ob ich wisse, wo ich jetzt hinmüsse. Ein einzelner Regentropfen plitscht auf das Rasenmähergehäuse. Der Himmel hat sich verfinstert.

Wir laufen im einsetzenden Regen zur Haustür, stellen uns unters Vordach und schauen zum Himmel. Es fängt jetzt richtig zu regnen an, eine Wasserwand stürzt uns entgegen. Wir treten einen Schritt ins Haus zurück.

«Wo kommst du denn her?»

«Von da.»

«Und wo willst du hin?»

«Da.»

Wir schauen aus der offenen Tür. Bäume und Landschaft sind hinter blauen Schleiern aus Wasser, hellen Flecken und dunklen Streifen verschwunden. Es wetterleuchtet.

«Jemand sollte den Rasenmäher reinholen», sagt der Mann. Er verschränkt die Arme vor der Brust.

«Für zehn Euro mach ich's», sage ich.

«Für zehn Euro.»

«Ich mach's für fünf.»

«Du bist von zu Hause abgehauen, stimmt's?»

Blitze. Dann Donnern und Knallen.

«Ich könnte jetzt die Polizei holen, die würden dich mitnehmen.»

Ich zucke die Schultern.

«Ich sage, ich *könnte*. Ich hab nicht gesagt, dass ich's mach. Obwohl ich es wahrscheinlich müsste. Oder sollte. Du bist noch minderjährig. Du darfst nicht einfach ausrücken. Aber keine Angst» – er legt mir kurz die Hand auf die Schulter –, «ich habe dich schon ein wenig liebgewonnen. Und darum mach ich's nicht. Jeder hat das Recht –»

«Sind Sie Pfaffe oder so was?»

«Warum?»

«Sind Sie's?»

«Ich hab Theologie studiert. Aber das ist ewig her, und ich bin schon lange aus der Kirche ausgetreten.»

«Also doch.»

«Also was?»

«Und was ist jetzt Ihr Beruf?»

«Ich bin Schriftsteller.»

«Kann ja jeder sagen.»

Er zuckt die Schultern. «Und Jurist.»

«Also doch nicht Schriftsteller.»

«Alle wichtigen deutschen Schriftsteller sind Juristen.»

«Und deshalb sind Sie auch einer? Nicht mal das mit dem Juristen glaub ich Ihnen.»

«Und warum?»

«Dafür sieht's hier zu unsauber aus ... was ist die Verjährungsfrist für Mord?»

«Was soll das werden? Mein Drittes Staatsexamen? Mord verjährt nicht.»

«Und Totschlag?»

«Nach zwanzig Jahren.»

«Das stimmt. Und Bankraub?»

Er hält seine Strickjacke mit einer Hand am Kragen zusammen.

«Sie sehen nicht aus wie ein Romanschriftsteller. Vielleicht wie ein Gedichtschriftsteller», sagte ich. «Wenn überhaupt.»

«Ein *Gedichtschriftsteller*», hakt er nach. «So seh ich für dich also aus.» Er lächelt auf eine Weise, die in Büchern immer süffisant heißt. Obwohl ich eigentlich gar nicht weiß, was süffisant bedeutet.

«Sie sind nicht zufällig prominent oder so was?»

Nach längerem Schweigen sagt er: «Lassen wir das.»

Das stachelt mich natürlich erst recht an: Er *ist* berühmt. Ich habe noch nie Prominente getroffen. Dabei finde ich prominent sein ungeheuer interessant. Ich wäre selbst gern prominent.

«Sie sind also berühmt.»

«Jedenfalls nicht so sehr, dass du mich kennst.»

«Aber viele andere Leute kennen Sie. Ist das nicht toll?»

«Es ist vielleicht nicht das, worauf es ankommt.» Er zuckt zusammen, als es direkt über uns gewaltig donnert, und sagt: «Der liebe Herrgott will, dass wir das Thema wechseln.» Ich sehe die Anstrengung, die es ihn kostet, nicht zu lächeln. Er ist geschmeichelt. Wenn er denkt, ich merke es nicht, schaut er auf meine Brust. Deshalb dreht er auch dauernd den Kopf.

Ich fahre mit einer Hand unter meinem T-Shirt hoch und kratze meinen Rippenbogen. «Worauf kommt es dann an?»

«Auf literarische Qualität vielleicht, junge Dame?»

«Und die haben Sie, die Qualität? Sind Sie ein Schriftsteller von guter Qualität?»

Er schmatzt mit einem Mundwinkel, nicht so, als sei das schwer zu beantworten, sondern als sei die Frage eine Zumutung.

Ich ziehe die Hand wieder raus und fahre mit der anderen unters T-Shirt.

«Also, sind Sie gut oder nicht?»

Er stemmt die Fäuste in die Hüften und schaut in den Regen hinaus. Ich schaue auch hinaus.

«Waren Sie zufällig schon mal im Fernsehen? Richtig bekannt ist man doch nur, wenn man mal im Fernsehen war. Ich kenn keinen Schriftsteller, außer aus dem Fernsehen.»

«Im Fernsehen war ich auch schon.»

«Aber Sie sehen nicht gut aus.»

«Was hat das damit zu tun?»

«Na ja, Fernsehen und Aussehen. Ich finde im Fernsehen sein gut. Aber man muss auch gut aussehen. Wenn man hässlich ist, macht man sich nur lächerlich.»

«Danke.»

«Also vielleicht sind Sie auch nicht superhässlich. Aber auch nicht direkt gutaussehend.».

«Danke.»

Er guckt lange kopfschüttelnd in der Gegend herum, als erwarte er noch irgendwas von mir. Aber ich weiß nicht, was ich weiter sagen soll. Denn ich hab ja recht. Eher war ich noch höflich. Er ist hässlich wie die Nacht.

«Kennst du überhaupt Schriftsteller?»

«Keinen aus der Gegenwart. Nur Klassiker. Ich les nur Klassiker.»

«Ah, die junge Dame hat Geschmack und ist gebildet. Und wen kennen wir da so?»

«Alle.»

«Alle. Und wer ist da der Beste? Der Superpromi? Der sexyste Superstar des siebzehnten, achtzehnten und neunzehnten Jahrhunderts?»

«Karl. Philipp. Moritz.»

«Kommt da noch ein Nachname?»

«Das ist der Nachname. Moritz.»

«Na schön. Werd ich mir merken, und wenn der mal im Fernsehen kommt, guck ich mir das an, wie dein Schönling da rüberkommt.»

Ich merke, wie mir langsam die Luft ausgeht. Fast kommen mir die Tränen. Das will ich nicht. Auf keinen Fall will ich ihn sehen lassen, dass ich Gefühle habe. «Karl Philipp Moritz war nicht schön», sage ich und sehe mit ganz starrem Blick seine Schulter an. «Oder vielleicht war er auch schön. Ich weiß es nicht. Es gibt nur ein Bild von ihm. Das ist auf dem Buch vorne. Aber da ist es doch ganz egal, wie der aussieht.»

«Und warum?»

«Weil er *schreiben* konnte! Da ist es doch ganz egal, wie einer aussieht! Mein Gott, wie blöd sind Sie denn eigentlich?»

Ich kratze mich in den Haaren. Ich kratze mich am Kiefer.

«Dir geht's nicht gut, oder? Willst du darüber sprechen?»

«Vielleicht hätten Sie doch bei der Theologie bleiben sollen.»

«Dir geht's nicht gut», stellt er fest. «Du fühlst dich ungeliebt. Die meisten jungen Mädchen finden sich nicht attraktiv.»

«Die meisten jungen Mädchen interessieren mich einen Arsch.»

Vier oder fünf Mal blitzt es. Dann donnert es. Ich will weiter.

«Du kannst jetzt nicht raus», sagt er. «Nicht so. Zieh wenigstens was Trockenes an.»

Ich will nicht, aber er dirigiert mich die Treppe hinauf. Oben riecht es komisch.

Wir kommen an einem Zimmer vorbei, dessen Tür offen steht. Im Vorbeigehen erkenne ich ein Bett und etwas auf dem Bett drauf. Es riecht wirklich nicht gut. Der Mann zieht rasch die Tür zu.

Er öffnet eine andere Tür. Er hat mich an den Schultern gepackt und schiebt mich in einen bunt tapezierten und mit Spielzeug und Puppen und Stofftieren vollgestopften Raum. Alles fein säuberlich verstaut in den Regalen ringsum, nichts auf dem Boden. Ein Schreibtisch, ein Schulranzen, ein kleines Bett. Ein Bett für ein kleines Kind. Über dem Bett hängt ein Regencape.

«Wo ist denn Ihre Tochter?»

«Hier kannst du dir was raussuchen. Da in dem Schrank sind Sachen, auch größere. Ich geh auch raus.»

Er geht raus. Ich höre seine Schritte auf der Treppe und checke das Fenster. Das Sicherheitsschloss hab ich schon beim Reinkommen gesehen. Aber das Fenster ist nicht verschlossen, es lässt sich öffnen. Dahinter eine Dachschräge von einem Meter Länge, dann die Dachrinne, darunter der frisch gemähte Rasen. Das ist leicht zu schaffen.

Ich atme einmal durch, reiße mir die nassen Sachen runter und greife einen passenden Trainingsanzug aus dem Schrank. Ich nehme das Tagebuch aus der Hosentasche, sehe mich kurz um und stecke es mit meinen ganzen nassen Sachen zusammen in den Schulranzen, der unter dem Schreibtisch liegt. Auf dem Flur ist niemand zu sehen. Von unten ertönen Geräusche, jemand hantiert mit Geschirr. Ich stehe eine Weile auf der obersten Treppenstufe und denke nach. Dann gehe ich auf Zehenspitzen zurück und öffne noch einmal die Tür zu dem anderen Zimmer.

Was da flach auf dem Bett liegt, ist eine Frau. Sie sieht aus wie aus sehr großer Höhe auf das Bett gefallen. Der Körper der Frau ist wie plattgedrückt und fast bis zum Skelett abgemagert. Auf dem Schädel nur ein leichter Flaum von Haaren, die Haut weißlich und bläulich. Wie das Licht, das durch das angekippte Fenster hereinströmt, gegen das der

Regen leise prasselt. Ich stehe da mit zusammengezogenen Schultern. Eine Minute starre ich die Frau an. Ich versuche, nicht zu atmen. Mit einem Mal schlägt sie die Augen auf und sieht mich an.

«Entschuldigung», sage ich.

«Bist du das?», flüstert sie.

«Nein», sage ich.

«Bist du das, Angela?»

«Nein.»

Ich sehe noch eine Weile in ihr Gesicht. Dann höre ich die Geräusche unten verstummen und schließe leise die Tür.

«Marlies?», ruft eine Stimme von unten, und ich gehe zurück in das Kinderzimmer und werfe den Schulranzen aus dem Fenster. Ich wäre wahrscheinlich auch an dem Mann vorbeigekommen, aber aus dem Fenster steigen ist mir sowieso lieber. Geht man durch die Tür, dann geht man in die Alltagswelt mit ihren Gewohnheiten und ihrem Schmutz. Steigt man aus dem Fenster, gelangt man in einen Raum wie in seinem eigenen Innern.

Auf den nassen Ziegeln komme ich gleich ins Rutschen. Ich kann gerade noch die Dachrinne greifen. Einen Moment hänge ich baumelnd da, meine Füße knallen gegen die spießige Hauswand, dann lasse ich los und breite die Arme aus.

Manchmal bin ich ein Adler.

Mit dem Ranzen über der Schulter renne ich die Straße runter wie ein kleines Kind auf dem Weg zur Schule. Aus der offenen Terrassentür einer Villa kommt laut Musik, eine Melodie, die ich kenne und die mir gefällt. Die fröhlichen Fanfaren am Anfang. Es ist auf Englisch, aber ich weiß den Namen nicht. Der Regen nimmt noch zu. Er treibt mich klatschend auf den perspektivischen Fluchtpunkt der Straße hin zu, und dann bin ich selbst nur noch ein perspektivischer Punkt im Regen.

Und erst bei Einbruch der Nacht fällt es mir wieder ein: Destiny's Child. Das ist Destiny's Child.

Da die neuen Sachen nun genauso nass sind wie die alten, ziehe ich die alten wieder an. In der Schultasche sind nur alte Sachen von vor sieben Jahren: Deutschaufsatz, Theateraufführung vom Juli 2004, Aschenputtel. Mit Sabine Louwen, Stese Wagner, Natascha Podgornik und Angela Greiff. Angela Luisa Greiff, Klasse 2b. Ich überlege, ob in Aschenputtel nicht auch ein Mann vorkam. Zuletzt schiebe ich Bücher, Hefte, Federmäppchen und alles zurück in die Tasche, sodass alles an seinem alten Platz ist, in der Ordnung, in der es seit sechs oder sieben Jahren wohl schon gelegen hat. Ich rechne nach, Angela dürfte jetzt vermutlich etwa so alt sein wie ich. Ein bisschen älter. Aber ich sehe auch älter aus, als ich bin. Dann stelle ich den Ranzen in einem leeren Bushaltestellenhäuschen ab und gehe weiter.

25.

Ich gehe im Tannenwald bergan. Vor Hunger komme ich
kaum noch voran. Es zerrt an meinen Eingeweiden. Es
klappt mich zusammen. Ich reiße Blätter von Sträuchern
ab, stopfe sie in den Mund und spucke sie wieder aus. Ich
probiere weiter Bäume und Sträucher und Gräser, bis ich
etwas finde, das einigermaßen schmeckt. Darauf kaue ich
herum. Aber viel hilft es nicht.

Als ich auf einen Wanderweg stoße, warte ich, bis Wan-
derer vorbeikommen. Ich frage sie nach Essen. Sie starren
auf meine nackten Füße. Ein Mann fängt an, mir Fragen zu
stellen. Ich sehe, wie zwei andere ihre Handys rausholen.
Sie schauen sich besorgt an, dann sehen sie mich an, dann
steckt einer sein Handy wieder ein. Ich sage dem anderen,
dass er das Handy auch wegstecken kann.

«Da im Tal», sage ich. «Da wohn ich. Da bin ich rauf. Ich
hätte frühstücken sollen. Vor dem Bergsteigen muss man
immer frühstücken.»

Einige glauben mir, andere nicht. Eine Frau tritt an den
Rand, sieht kein Haus und will die Polizei rufen. Ein Mann
schüttelt den Kopf.

Ich nehme die Brote, die er mir hinhält, und gehe.

«Kannst wenigstens danke sagen.»

Nachdem ich alles gegessen habe, steige ich wieder in
den Wald, weiter bergan.

Hinter einem Gebüsch stolpere ich über einen Kadaver. Eine Wolke Fliegen rauscht vor mir hoch. Ich nehme den Ellenbogen vors Gesicht. Da liegt ein Rehbock in einer Pfütze aus schwarzem Blut und ohne Augen.

Quer über dem Reh liegt ein Mann in grüner Kleidung. Abseits ein graugrüner Hut, dahinter die Flinte. Ich versuche, den Mann mit dem Fuß umzudrehen. Es geht nicht. Ich muss einen dicken Ast als Hebel zur Hilfe nehmen. Der Oberkörper des Mannes ist schwarz von Blut. Es ist nicht sein eigenes. Im Reh ist ein Einschussloch, im Mann nicht. Vielleicht hat ihn der Schlag getroffen.

Ich laufe eine Runde durch den Wald. Dann gehe ich zurück. Ich hocke mich vor das Reh und schaue ihm lange in das tote Gesicht. Nach einer Weile meine ich, einen Ausdruck von Erstaunen feststellen zu können. Im Gesicht des Mannes sehe ich nichts. Durch seinen Bart kriechen Maden. Karten und Ausweise in seiner Brieftasche laufen auf den Namen Wilhelm Otto, geboren 1931 in Riesenburg. Er hat knapp fünfzig Euro dabei. Ich stecke sie ein. Ich warte, ob noch etwas passiert. Nichts passiert. Über mir schreit ein Eichelhäher.

Die Flinte ist alt, aber ganz ordentlich, das Patronenlager ist leer. Auf der Erde eine rote Schrotpatrone. Im Gürtel des Mannes eine Heckler & Koch. Ich gehe ein paar Schritte weg und knie mich hin. Halbautomatik, 9×19. Woran man wieder sieht, wie wichtig es ist, Bücher zu lesen. Mein Großvater hatte einen ganzen Aktenschrank voll mit Waffenkatalogen und verachtete Menschen, die den Unterschied zwischen Feldmaß und Zugmaß nicht kannten. Er hatte auch ein paar Luftgewehre, mit denen er im Sommer die Stare aus dem Kirschbaum schoss. Ich hing an seinen Oberschenkeln und schrie. Er lachte. Ich schrieb MÖRDER an sein Haus, da lachte er nicht.

Ich sehe mich nach dem Eichelhäher um, der über mir schreit. Ich beuge mich über den Mann und stecke die Ausweise zurück in seine Tasche. Die Fliegen treiben mich hoch. Ich erinnere mich an die blaue Feder, die ich als Kind mal gefunden habe.

Magazin raus, Magazin rein, dreizehn Patronen. Ich ziele auf eine Buche, die fünf Meter entfernt steht, und drücke ab. Der Rückstoß ist größer, als ich dachte. Minutenlang höre ich nur noch ein Fiepen. Entspannen, sichern. Ich stecke die Waffe in den Hosenbund und lasse das T-Shirt drüberhängen. Ich drehe die Hüfte hin und her und sehe an mir herunter. Es ist sehr auffällig. Ich knote dem toten Mann das Tuch vom Hals, wickle die Waffe ein und stopfe sie erneut unter mein T-Shirt. Jetzt können die Außerirdischen kommen.

Am Abend lege ich mich zwischen die Tannen. Da ist es völlig finster. Das gefällt mir nicht, und ich steige noch höher, bis zu einer Lichtung, auf der Gras wächst. Ein letzter bläulicher Schimmer liegt darauf. Dort sinke ich hin und wälze mich hin und her, bis nichts mehr juckt, und schaue dann hoch. Es sieht aus wie ein großes schwarzes Sieb mit unendlich winzigen Löchern, durch die Licht ferner Welten scheint. Dann wieder kommt es mir vor, als wäre mein Schädel ein Sieb, in dessen Mitte eine Kerze brennt, die Lichtpunkte über die Hemisphäre streut. Als Kind war ich einmal mit meinem Vater im Planetarium.

Ich höre den Wind in den Tannen. Ich höre Stille und Getrappel im Unterholz. Ein leises Quieken. Unter den Sträuchern huscht etwas herum. Hinter dem Huschen eine wilde Hatz im Unterholz. Dann ein Schrei, dann Stille, und irgendwo stirbt ein kleines Tier im Maul eines größeren.

Ich träume von Schiffen und Zügen. Ich sehe Menschen, die Schiffe und Züge bauen und damit herumfahren, und frage mich, wozu. Sterben werden sie doch.

Ich schlafe bis zum ersten Licht und erwache mit Hunger.

26.

Es ist stürmisch und regnet. Der Regen wird Hagel, bald bin ich nass. Alles an mir ist nass. Ich halte eine Hand auf das Tagebuch, das in meiner Gesäßtasche steckt. Eine Tasche bräuchte ich dafür oder eine Plastiktüte.

Zu beiden Seiten der Straße Felder und kein Baum. Erst wird die Straße weiß, dann werden die Wiesen weiß, und das Springen der Hagelkörner auf dem Gras sieht in der Ferne aus wie ein Nebel über dem Boden. Meine Füße werden immer kälter und taub, deshalb renne ich schneller. Ich bräuchte eine wasserdichte Schachtel, Tupperware oder irgend so was. Das ist meine größte Sorge.

Die Lichter in der Ferne kommen nur langsam näher.

Ich lese die Straßenschilder im Vorbeirennen. Die Häuschen in der Weierstraßgasse sind dunkel und spießig. Ich laufe zurück und biege in die Cantorstraße.

An einem Pfosten hängen zwei Verkehrsschilder übereinander: Sackgasse, Einbahnstraße. Am Ende der Straße eine Leuchtreklame: HO EL. Das T flackert von Zeit zu Zeit auf.

An der Seite des Hotels ein riesiger Parkplatz, der aussieht, als könne man hier unendlich viele Touristen aus unendlich vielen Bussen ausladen. Aber im Moment ist der Platz leer, und es ist ein komisches Gefühl, in dunkler Nacht unter dem brizzelnden T über den Asphalt zum Hoteleingang zu schleichen.

Das Glas in der Tür ist gesprungen. Auf dem Boden liegt ein halbvermoderter grüner Läufer. Im Halbdunkel sitzt ein Mann hinter seiner Zeitung.

Er lässt die Zeitung kurz sinken, als ich reinkomme, und hebt sie wieder hoch.

«Junge Frau?»

«Ein Zimmer.»

Nichts passiert. Ich lese die von zwei Altmännerhänden halb verdeckten Schlagzeilen auf der Rückseite der Zeitung. *Irren des Nachts im Kreis. Werden vom Feuer verzehrt.*

Auf der Empfangstheke steht eine Klingel.

«Wie alt bist du denn?», sagt die Stimme hinter der Zeitung.

«Alt genug.»

Der Mann faltet die Zeitung zusammen, drückt sich aus dem Sessel hoch und schlurft hinter die Theke. Er sieht mir nicht in die Augen, schiebt die Klingel beiseite, holt einen Block mit Formularen hoch, legt ihn zwischen uns auf die Theke und dreht die Lampe herum. Erst jetzt sehe ich sein Gesicht. Es ist so grau und nichtssagend, dass es keinen Unterschied macht, ob man es sieht oder die Rückseite einer Zeitung.

«Ein Zimmer», sagt er.

«Wenn eins frei ist.»

«Wenn eins frei ist.» Er schaut kopfschüttelnd an mir vorbei und scheint nachzudenken.

«Ist eins frei?»

«Unendlich viele», sagt er. «Wie lang willste denn bleiben?»

«Unendlich lange.»

«Verstanden.»

Er kramt in einer Schublade unter der Theke, leckt einen Bleistift an, betrachtet den Block, der zwischen uns liegt, sieht auf einen Kalender, der hinter ihm an der Wand hängt, und beginnt, das Formular auszufüllen, ohne mir eine Frage zu stellen. Nicht einmal nach meinem Namen fragt er.

Er hat sich so tief hinuntergebeugt, dass ich fünf sorgfältig über die Glatze auf seinem Hinterkopf gekämmte Haare erkennen kann.

«Bezahlt wird im Voraus. Zwanzig Euro. Kein Frühstück. Kein Meerblick.»

Während er vor sich hin kritzelt, betrachte ich ebenfalls den Kalender. Ein Pirelli-Kalender. Ich drehe den Oberkörper ein wenig und drücke die Brüste raus. Die Zeit ist im Januar stehengeblieben.

Während er mein Geld kassiert, mit gesenktem Blick das Formular unter der Theke zusammenknüllt und wegwirft, sagt er: «Siehst ihr bisschen ähnlich.»

«Ich weiß.»

Er nimmt einen Schlüssel vom Haken und packt ihn auf den Formularblock.

«Die Acht. Treppe hoch, Gang ganz runter. Wenn in der Acht schon einer ist, schick ihn ins nächste Zimmer.»

Die Dielen im Gang oben laufen parallel auf ein Fenster zu. Eine Topfplanze, eine Straßenlaterne und Sterne.

Unendlich viele Sterne, und ich frage mich, ob es wirklich unendlich viele sind, und wenn ja, ob abzählbar viele oder überabzählbar. Abzählbar, würde ich schätzen. Das Weltall ist grenzenlos, aber endlich, folglich ist es auch die Zahl der Sterne, und während ich nachdenke und hochschaue in die unendliche Kleinheit und Enge über mir, schreie ich. Ich stehe fünf Minuten auf der Stelle und schreie, der Boden fällt auf mich, und ich schreie und schreie, bis der Blick durch das Fenster zum Nachthimmel mich davon überzeugt, dass es doch überabzählbar viele sind, und zwar, weil alles andere nicht zum Aushalten wäre, und deshalb sind es überabzählbar unendlich viele Sterne über mir. Auf Beschluss der Herrscherin des Universums.

Im einen Moment denkt man, man hat es. Dann denkt man wieder, man hat es nicht. Und wenn man diesen Gedanken zu Ende denken will, dreht er sich unendlich im Kreis, und wenn man aus dieser unendlichen Schleife nicht mehr rauskommt, ist man wieder verrückt. Weil man etwas verstanden hat.

27.

Auf der Mittelkonsole steht ein Gaskocher. Im Fußraum liegt ein Fünfliterkanister. Der Fahrer füllt Wasser in den Topf und macht sich einen Kaffee, während er durchs Lenkrad die Straße beobachtet. Die Handgriffe sitzen wie tausend Mal geübt. Er fährt, als könne er dabei genauso gut die Augen zumachen. Er zündet sich eine Zigarette an der nächsten an, redet ohne Pause und nippt am Kaffee. Mir bietet er keinen an. Ich hätte aber auch keinen gewollt. Er redet von dem Haus, in dem er wohnt und wo er an seinen freien Wochenenden gerade einen Jacuzzi einbaut. Ein Bidet für seine Frau hat er bereits fertig.

Schon nach kurzer Zeit kann man kaum noch atmen. Ich drehe an der Fensterkurbel.

«Kaputt», sagt er. «Soll ich hier ein bisschen aufmachen?»

Dann: «Kannst du fahren?»

«Ist das ein Witz?»

«Es gibt ja welche, die das können.»

«Aber Erwachsene.»

«Und, willst du?»

«Soll das ein Witz sein?»

«Wenn du willst, kannst du gern mal steuern.»

«Beim Fahren?»

«Wie denn sonst. Im Stehen? Nur mit einer Hand. Nur um mal ein Gefühl dafür zu kriegen.»

«Wofür?»

«Wie es ist, mit einer Hand achtzehn Tonnen zu lenken. Es ist ganz ungefährlich. Willst du? Die meisten wollen mal.»

«Ich nicht.»

Er lacht. «Kein Mut. Ich hätte dich anders eingeschätzt.»

Er zieht zurück auf die Überholspur, ohne, wie mir scheint, in den Rückspiegel zu sehen.

«Und wenn ich sage, es ist völlig ungefährlich?»

«Das erwähnten Sie schon.»

«Das ist keine Antwort.»

«Auf welche Frage?»

«Ob du Mut hast oder nicht.»

«Das war nicht die Frage.»

«Eins kann ich dir immerhin sagen: Die Gelegenheit kommt so schnell jedenfalls nicht wieder.»

«Ist mir wurscht.»

«Für jemand, dem das wurscht ist, sind deine Füße aber ganz schön unruhig.» Er beugt sich zur Seite.

Ich presse die Füße auf den Boden.

«Das wollte ich nur geklärt haben.»

«Dann haben wir das ja geklärt.»

«Ich hab nicht gern Leute, die lügen.»

«Ich hab nicht gelogen. Ich hab nur gesagt, es ist mir wurscht.»

«Und es war dir nicht wurscht. Das ist eine astreine Lüge.»

«Wenn Sie so wollen.»

«Ich hab also recht.»

«Sie haben also recht.»

«Ich hab 'ne Menge Menschenkenntnis. Als Fahrer braucht man die auch. Menschenkenntnis. Und die kriegt man da. Da ist so viel Zeug auf der Straße unterwegs, wenn du da nicht aufpasst, liegst du mit durchgeschnittener Kehle im Straßengraben. Keine Story. Wenn du eine Sekunde nicht aufpasst – was ich mit Trampern schon erlebt hab, das glaubt einem keiner. Ich bin ja von Natur aus ein gutmütiger Mensch. Auch vom Gemüt her. Ich bin der friedlichste Mensch auf Gottes weiter Welt. Friedlicher geht's nicht. Weißt du, wie ich in der Firma heiß? Teddybär. Da kennt keiner meinen Namen. Ich bin nicht der Jochen oder der Hackel oder so, ich bin bloß der Teddybär. Wie in dem Lied. Und genauso einen Charakter hab ich auch. 'n Gemütsmensch, sagt man wohl auch. Immer gut aufgelegt, immer fröhlich, immer 'n Späßchen. Mich bringt so leicht nichts aus der Spur. Deshalb nehm ich auch immer wieder mal Tramper mit. Weil mir das egal ist. Ich hab nichts grundsätzlich gegen Tramper. Ob Student oder Manager. Ich hatte mal einen mit einer Tätowierung übers ganze Gesicht. Wir leben in einem freien Land, sage ich immer. Das sagen ja viele, aber ich mein's auch so.

Nur Verfilzte gehen nicht. Da kann ich wieder stundenlang saubermachen. Und da kriegst du schnell ein Gespür für, ist einer verfilzt oder nicht. Obwohl du dich schon manchmal wunderst. Aber sonst, Teddybär nimmt alles mit. Einfach, weil sie mir leidtun. Auch Frauen. Auch wenn man sich schon fragt, was sind das für Leute, die dreißig sind und kein Auto haben? Arbeiten die nicht? Wenn einer fünfundzwanzig ist und kein Auto hat, was ist dem sein Problem? Wenn du zwanzig bist und nicht arbeitest, das ist zwar Schwachsinn, aber meinetwegen. Wir leben in einem freien Land. Das sagen zwar viele, aber ich mein es auch so. Erst mal die Hörner abstoßen. Hab ich auch. Ich bin früher auch mal getrampt. Deshalb.»

Er blickt in den rechten Außenspiegel und zieht zurück auf die erste Spur. «Wenn du's noch mal versuchen willst, sag ruhig Bescheid. Wir haben ja noch Zeit. Eine Hand reicht. Man hat nicht jeden Tag Gelegenheit, achtzehn Tonnen mit einer Hand zu steuern.»

«Außer man ist Lkw-Fahrer.»

«Der war gut», sagt er. «Den merk ich mir. Aber ich sag's dir nur noch einmal, du verpasst wirklich was.»

«Dann verpass ich eben was. Ich werd's überleben.»

«Also doch Angst. Wie die meisten.»

«Ich dachte, die meisten wollen.»

«Das stimmt auch. Erst wollen sie nicht, aber dann wollen sie natürlich. Und du musst auch nicht mit einer Hand, wenn dir das zu gefährlich ist. Du kletterst einfach hier rauf, da ist Platz genug. Da kriegst du beide Hände ran und kannst lenken. Die Pedale und alles andere mach ich. Einfach hier rauf.»

Er beobachtet mich. Ich denke nach. Oder ich tue, als ob ich nachdenke. Tatsächlich denke ich nach.

Wir fahren. Ich döse.

«Mist, ich wollte doch raus», sagt er, als wir gerade an einer Haltebucht vorbei sind. Weitere fünfzehn Kilometer später bremst er auf dem Standstreifen.

«Steig aus», sagt er, «ich muss pinkeln.»

Er fischt sein Portemonnaie von der Ablage, zieht den Schlüssel ab, setzt den Warnblinker und klettert raus.

Er geht vor dem Kühler auf meine Seite herum. Dann klettert er über die Leitplanke. Er sucht sich umständlich einen Platz in den Büschen, trampelt die Brennnesseln platt und öffnet seinen Gürtel. Er guckt sich nach rechts und links um, ob ihn keiner sieht. Ich steige auch aus. Ich lehne mich mit dem Rücken an den Laster und verschränke die Arme. Da höre ich neben mir erst ein leises Schnaufen, dann unmenschliches Grunzen. Mit erhobenen Fäusten fahre ich herum und sehe direkt in zwei blaue Augen mit blonden Wimpern. Die Augen eines Schweins.

Nur ein paar Zentimeter und ein Drahtgitter liegen zwischen unseren Gesichtern. Über dem Schwein noch ein Schwein, daneben auch. Der ganze Laster ist von oben bis unten mit Käfigen bepackt. Die Tiere sehen erbärmlich aus.

«Die Schweine brauchen Wasser», rufe ich und schaue zu dem pinkelnden Mann. Er pinkelt allerdings gar nicht.

«Da bleib stehen», sagt er mit Blick über die Schulter. Ich bleibe tatsächlich eine Sekunde stehen.

«Du siehst so geil aus», schnauft er, «du siehst einfach nur geil aus, oh mein Gott, siehst du geil aus, einfach geil, wie geil –»

«Soll ich auch was machen?»

Er erstarrt eine Sekunde. «Ja, die Klappe halten!»

Ich schaue unter dem Laster nach einem Wasserbehälter. Da ist ein großer runder Tank, aber der Deckel ist verschlossen.

«Oh mein Gott, ist das geil! Was für ein kleiner geiler Hintern!»

Er legt den Kopf schräg in den Nacken, ohne den Blick von mir abzuwenden.

Ich hole den Kaffeewasserkanister aus der Fahrerkabine.

«Jajaja, das sieht so geil aus!», schreit er.

Erst weiß ich nicht, wie ich das Wasser durch die Gitter in die Käfige flößen soll. Dann entdecke ich, dass man die Luken an der Seite aufhaken kann. Ich hole den Kaffeebecher des Fahrers, fülle Wasser ein und gebe dem ersten Schwein Wasser. Es trinkt gierig und sieht mich dankbar an. Der Reihe nach hake ich alle Käfige auf, tränke alle Tiere und höre Beschreibungen meines Aussehens. Es dreht sich zunehmend um meinen Hintern. Im letzten Käfig liegt ein sehr großes Schwein fast wie tot. Ich kraule seine Wange. Es blinzelt träge, entdeckt das Wasser und stürzt sich dann so ungestüm darauf, dass es mir zuerst den Becher entgegenstößt und anschließend gleich halb aus dem Käfig raushängt. Ich versuche, es mit beiden Armen zurückzudrücken, aber es gerät in Panik und fällt auf mich herunter.

«Oh mein Gott, ist das geil, ist das geil!», schnauft der Mann.

Ich habe das Schwein am Hals gepackt und versuche, es irgendwie zurückzuschieben.

«Jajaja, das ist so geil, ist das geil. Mach weiter! Du siehst so geil aus. Was für ein kleiner geiler Hintern. Oh mein Gott, oh mein Gott, ist das geil, ja, das ist so …», schnauft er. Sein Kopf fällt in den Nacken. Als er mich wieder ansieht, hängt ein Spuckefaden zwischen seinen offenen Lippen.

Ich gehe weiter. Immer auf der Standspur an der Leitplanke entlang. Hinter mir das Schlagen einer Autotür. Ich bin achtzig oder hundert Meter weit gekommen, da höre ich im Verkehrslärm den Motor des Zwölftonners starten. Sekunden später schiebt der Laster sich langsam an mir vorbei. Aus dem offenen Beifahrerfenster teilt eine brüllende Stimme mir noch einmal mit: «Das war ja komplett geil, echt, immer gern wieder!»

Dann nimmt der Lkw Fahrt auf. *Aufgepasst, Damen! Meiner ist achtzehn Meter lang.*

Der Satz hallt noch lange in mir nach. Nach einigen Kilometern fällt mir auf, dass die Stimme nicht *Das war ja komplett geil, vielen Dank* gerufen hat, sondern *Du bist ja komplett geisteskrank.*

Ich nehme die zweite Tablette und beschließe, geheilt zu sein. Ich spüre die Heilung klar. Am Abend spüre ich die Heilung noch klarer. Es ist vorbei. Es wird nicht wiederkommen.

28.

Ich pflücke einen Pilz, breche ein Stück von der Krempe ab und stecke es in meinen Mund. Es schmeckt nicht bitter, schmeckt aber auch nach nichts, nur ein bisschen pilzig. Was nicht bitter ist, kann man essen, hat mir mal jemand gesagt. Das hat die Natur so eingerichtet.

Ich habe die Augen halb geschlossen wegen der Sonne, die durch ein Loch in den Wolken scheint. Ich sitze auf einem umgestürzten Baum und untersuche die Lamellen, da sehe ich einen Jungen mit gesenktem Kopf durchs Gelände stromern. Vor meinen Füßen bleibt er stehen und zuckt zusammen.

«Sie haben mich erschreckt.»

«Weißt du, was das ist?»

Er betrachtet schweigend den Pilz und zeigt auf einen weißen Giebel hinter sich, hinter den Tannen: «Das ist unser. Hier darf keiner hin.»

«Und der Zaun dahinten?»

«Der Zaun umzäunt den ersten Garten. Vom Zaun jedoch bis zum Wald ist alles unser. Meine Mutter kaufte es hinzu.»

«Red deutsch. Und der Pilz?»

«Was ist mit dem Pilz?»

«Gehört der auch euch?»

«Wenn Sie ihn hier gepflückt haben.»

«Ich hab ihn von dahinten.»

«Wo genau?»

«Da. Dahinten.»

Er späht durch das Laub. «Wenn Sie mir den Stiel zeigen könnten, wo Sie ihn abgebrochen haben, dann wüsste man mehr.»

«Du meinst, dann wäre man klüger?»

«Jawohl.»

«Also da. Im Wald da. Kannst du gern suchen. Ich sitz hier in der Sonne.»

Ich breche noch ein Stück von der Krempe ab.

«Sie wissen wohl nicht, dass er giftig ist? Sie dürfen ihn nicht essen.»

«Vielleicht will ich Selbstmord machen?»

«Ist das der Grund?»

«Nein. Weil ich Hunger hab. Holst du mir was?»

«Was meinen Sie?»

«Was zu essen.»

Er schüttelt den Kopf.

«Nein?»

«Das darf ich nicht.»

«Und warum nicht?»

«Sie sind eine Fremde.» Er holt eine Art Schlüsselbund mit vielen kleinen Fotos dran aus der Tasche und betrachtet eilig alle Fotos. «Sie sind eine Fremde», wiederholt er.

«Und?»

«Mit Fremden spricht man nicht.»

«Du sprichst aber mit mir.»

Verwirrung und Beschämung wechseln sich ab in seinem Gesicht. Bevor er das Offensichtliche aussprechen kann, sage ich: «Von Fremden darf man nichts annehmen, das ist richtig. Aber geben kann man ihnen was. Wenn sie freundlich sind. Und Hunger haben. Und ich bin freundlich, und ich habe Hunger.»

Gequält schüttelt er den Kopf. «Nein, darf man gar nicht.»

«Wer hat dir das beigebracht?»

«Das weiß man doch. Jeder weiß es.»

«Und wenn du es heimlich machst?» Ich beiße ein großes Stück vom Pilz ab und kaue gründlich. Der Junge fängt fast an zu weinen.

«Schmeckt so mittel», sage ich. «Aber irgendwas muss der Mensch ja essen.»

«Und was?» Er dreht sich halb um, sieht mich aber immer noch an.

«Brot. Schokolade. Obst. Egal. Kann es sein, dass du Angst vor Mädchen hast?»

Er wird rot wie ein Fliegenpilz. Sogar weiße Punkte werden sichtbar, lauter kleine runde Narben, als sei ihm mal ein Ladung heißes Öl ins Gesicht gespritzt.

«Ich hab doch keine Angst. Ich hab sogar eine Freundin. Ich hatte sogar schon viele.»

«Du meinst, richtig mit allem? Und küssen?»

«Alles. Ich hab alles mit ihr gemacht.»

«Alles? Das ganze Programm?»

«Sie musste alles machen, was ich wollte.»

«Ach ja?»

«Ja. Ich hab sie zwischen die Beine gefickt. Sie hatte einen Orgasmus. Ich leckte ihn ihr ab.»

«War das schön?»

Er schaut auf seine Füße und nickt.

«Wie alt war sie denn?

«So alt wie du.»

«Und wie alt bin ich?»

Er hebt kurz den Kopf, schaut rasch zurück auf die Füße und sagt: «Zwanzig?»

«Nicht ganz. Aber würdest du mich jetzt auch gern zwischen die Beine ficken?»

Schweigen. Langanhaltendes Schweigen.

«Oder würdest du mir lieber erst mal was zu essen holen?»

«Woher kommst du denn eigentlich?»

Ich zeige blind auf Wald und Bäume.

«Von der Müllkippe?»

Hinter den Bäumen steht zwanzig Meter hoch ein verrosteter Kran, und links, wo die Bäume aufhören, sieht man zerfallene Campingwagen vor Müllbergen.

«Von den Zigeunern? Die sind aber schon fünf Jahre weg.»

«Ich komme aus der Scheiße, und in die Scheiße gehe ich irgendwann auch wieder. Aber zwischendurch werde ich berühmt.»

Er lacht.

«Und wie willst du berühmt werden? Was kannst du denn, womit du berühmt werden willst?»

«Man muss gar nichts können. Viele sind ja einfach so berühmt, ohne was gut zu können. Serienmörder können auch meistens nichts Besonderes. Ein Brotmesser reicht.»

Ich stehe auf und laufe in der Richtung weiter, in die ich gezeigt habe, und bald bin ich an der Deponie angekommen.

29.

Ich steige über Berge von Haushaltsmüll. Einige Beutel reiße ich auf, und ich finde verschimmeltes Obst und eine braune Banane. Ich finde außerdem ein pelziges Brot, reiße die Kruste ab und esse die Mitte. Ich finde einen Beutel voller Salat und einen Klumpen Spaghetti mit getrockneter roter Soße. Wie Gummi ist das. Ich beiße auf einen Stein. Ich finde auch zwei Fotoalben. In dem einen ist eine Familie, lauter Aufnahmen von Vater, Mutter, Sohn und Hund, und auf jedem Bild strahlen sie alle, sogar der Hund. Ich blättere das Album durch, aber am Ende werfe ich es doch wieder weg, weil es mich deprimiert.

Ich muss an meinen Vater denken und wie schlecht es ihm geht und welchen Kummer ich ihm wahrscheinlich verursache, wenn das alles hier rauskommt. Ich steige weiter hinauf. Ich keuche und schwitze. Ich wiege 16 Tonnen zu viel.

Ich stecke die Hand in die rechte Tasche und hole den kleinen Zettel hervor, der vom vielen Wasser verwaschen und mit sich selbst verklebt ist. In meiner Hand wiegt er keine 16 Tonnen. Im Gegenteil. Ich atme tief durch. Er lässt sich entrollen. Die Schrift ist mit Kugelschreiber.

Es ist eine Prager Adresse.

Ich klettere weiter über die Müllberge und finde dreckige Papierservietten und Pappteller und eine Holzkiste, an der nur das Schloss kaputt ist. Mit dem T-Shirt mache ich die Kiste sauber. Sie sieht wertvoll aus, und im Innern riecht es wie Urlaub. Auf dem Boden ein Stempel:

Leo & Leo
Feinste Schatullen
Import-Export

Die Kiste ist exakt so groß, dass ich mein Tagebuch hineinlegen könnte. Ich lege es hinein und die HK P8 dazu. Es fühlt sich gut an. Ich finde Kartoffelsalat und noch mehr Obst. Ich finde ein Paar gut erhaltene Bundeswehrstiefel. Nur einer hat einen Schnürsenkel. Die Stiefel sind mir zwei Nummern zu groß. Aber es sind Stiefel. Ich fädele eine weiße Schnur, mit der ein Müllsack zugebunden war, durch die Ösen des zweiten Stiefels.

Vor mir ein älterer Mann, zwei Kinder, außerdem zwei Jungen in meinem Alter. Sie fluchen wie Idioten. Allerdings habe ich sie vorher beschimpft. Sie suchen einen Sonnenschirm oder einen Schlauch. So blöd, wie sie sind, vielleicht auch Kupfer oder Geld, keine Ahnung. Sie sehen aus wie Idioten. Ein Blonder und ein Russe.

Als die Jungen haben, was sie wollten, gehen sie. Ich laufe ihnen hinterher, weil sie wissen, wo Brombeeren sind. Wir essen Brombeeren. Ich esse mindestens zehn Kilo, dann wollen die Jungen mich loswerden. Sie rennen davon. Ich schleiche hinterher. Der klappernde Kanister ist im dunklen Wald nicht schwer zu orten.

Aus der Dämmerung wird Nacht, und in der Nacht steht eine Tankstelle an der großen Straße wie ein frisch gelandetes Raumschiff. Hell erleuchtete Fenster, Suchscheinwerfer, zweibeinige Schatten und ein kaum wahrnehmbares Brummen der Antigravitationsmaschinen. Über allem und um alles herum ein riesiges blaues Lichtband. Als ich näher komme, sehe ich, dass es doch keine Tankstelle ist, sondern tatsächlich ein Raumschiff. Ich weiß nicht, ob ich näher rangehen soll. Ich lege mich hinter eine Tonne und warte. Zwei der Wesen kommen an mir vorbei. Sie haben zwei Arme und zwei Beine und reden englisch, wie alle Aliens.

«Don't know.»

«And Travolta?»

«Look, I really don't know. I just don't know.»

Die Schritte entfernen sich.

Die hellere Stimme zuletzt: «You happen to remember Robert?»

«No.»

«Robert! My mate in Camden.»

«No.»

«*Sure* you know. Tall, handsome, shy.»

«I don't know any Robert.»

«Did he ever have a crush on me? Please be honest.»

Hinten am Parkplatz versuchen die Jungs, mit ihrem Schlauch Benzin aus einem geparkten Golf zu zapfen. Aber sie sind zu blöd dazu. Ich gehe hin und zeige es ihnen. Sie wollen wissen, woher ich das mit dem Benzin weiß, und ich sage, ich weiß es nicht.

Die Jungen gehen zu ihrem eigenen Auto und verschwinden darin. Ich übernachte hinter der Leitplanke. Ich schaue zum Sternenhimmel: der Adler. Es war ein sehr heißer Tag. Die Sterne zucken in der Hitze. Ich glaube, die Jungs hoffen insgeheim, mich am Morgen nicht mehr zu sehen. Aber ich will mitfahren.

Bei Tageslicht ist der Blonde ganz hübsch, er redet aber kaum. Das Reden erledigt der Russe. Schlitzaugen, dicke Lippen. Er sieht aus wie ich, wenn ich ein Junge wäre. Mir ist sofort klar, was mit ihm los ist, und ich glaube, er weiß auch, was mit mir los ist. Da gibt es gleich Streit. Wir beschimpfen uns. Der Blonde hält sich raus. An einer Veränderung in seinem Gesicht kann ich sehen, dass er sich in mich verliebt hat. Er weiß es noch nicht.

Schließlich fahren wir zu dritt los. Der Russe streitet weiter, solange wir auf der Autobahn sind. Aber ich kenne die besseren Worte, und am Ende ist Ruhe. Dann fängt er aber wieder an und reitet darauf rum, dass ich die Luft im Auto verpeste. Er kurbelt das Fenster runter, zeigt auf meine Haare und sagt: «Da wohnen Tiere drin», und ich nenne ihn eine schlechtgefickte Brotspinne, weil er recht hat.

«Schwanzlutscher», sage ich. «Dir kommt es doch beim Schwänzelutschen», und er zögert eine Zehntelsekunde zu lang. Danach ist er mir sympathischer. Er redet weiter. Er will wissen, ob meine Eltern mich ausgesetzt haben.

«Die Wahrheit ist», sage ich, «dass ich aus einem Heim ausgebrochen bin.»

Sie antworten eine Minute nichts, und ich sage, dass die Klapse nicht so schlimm ist. Und ich erzähle ihnen, wie ich weggelaufen bin, als ich sechs war. Wie die Heimleitung mich immer wieder eingefangen hat und wie ich jede Nacht wieder ausgebrochen bin. Es gab ein Fenster im Waschraum, da war ein Gitter lose. Fast jede Nacht habe ich auf einer Matratze hinter dem Zaun gelegen.

Ich kannte nichts. Ich bin nicht zur Schule gegangen. Lesen und Schreiben habe ich mir selbst beigebracht. Ich musste nur in ein Buch schauen, schon konnte ich es. Und alles andere hat mir ein Mann gezeigt, den ich in der Stadt traf. Er war Astronom. Er hatte ein Teleskop und hieß Weierstraß. Aber in der Stadt will ich nicht leben. Da soll niemand leben. Wenn ich in die Stadt ging, war ich allein unter Menschen. Manche sprachen mich an. Viele sprachen zu sich selbst. Das meiste verstand ich nicht. Es hatte keinen Sinn, und ich fragte mich, warum sie überhaupt redeten. Tiere mag ich lieber. Manchmal bin ich ein Marder. Und ich bewohne den goldenen Berg.

Auf einer Fußgängerbrücke über der Straße steht ein Mongoloider und winkt.

«Hup mal», sage ich.

«Warum soll ich hupen?», fragt der Russe.

«Warum soll er hupen?», fragt der Blonde.

«Hup mal», sage ich.

Der Russe hupt, und der Mongo winkt weiter und glotzt.

Wir schwimmen im See. Das ist schön, aber auch kalt. Die Jungs haben eine Flasche Shampoo dabei, und sich nach so langer Zeit mal wieder einzuseifen fühlt sich an wie gelöschter Durst. Danach legt der Blonde mir neue Sachen raus. Der ganze Lada ist hinten mit Zeug vollgeladen, und ich kann mir was aussuchen. Am besten gefällt mir eine glänzige Adidas-Trainingshose in Braun, und dazu passt ein knallenges T-Shirt mit der Aufschrift *Heimat. Lockerheit. Österreich.* Findet der Blonde auch.

In der Nacht liege ich auf zwei Decken. Die Jungs haben Luftmatratzen. Sie tuscheln ganz kurz. Dann sind sie eingeschlafen. Ich höre ihren gleichmäßigen Atem ein paar Meter entfernt von mir. Ich sehe die Sterne zwischen den Bäumen und über den Bergen. Nach ein paar Stunden raschelt am Ufer ein Tier. Es gräbt, hört auf zu graben und gräbt wieder. Ich stehe auf und gehe um den See herum. Meine Gelenke knacken. Niemand hört mich. Meine dreckigen Sachen liegen am Ufer.

Von der Staustufe sehe ich zwischen den Bäumen ins Tal hinunter, in dem ein dünnes Lichtgesprenkel die Lage eines Dorfes verrät. Zwei trichterförmige Strahlen wandern durch die Finsternis und erlöschen vor dem Dorf. Das Klicken von Autotüren.

Ich gehe zurück zu den Jungs. Ich gehe um sie herum.

Ich sehe auf sie hinab. Der Russe bewegt sich einmal, sonst liegen sie lautlos da. Ich stehe über ihren Köpfen, höre ihren Atem und atme wie sie. Zuerst beuge ich mich zum Russen hinunter, dann hocke ich mich vor den Blonden. Meine Knie berühren fast seinen Kopf. So bleibe ich lange und sehe ihn an. Sein Gesicht ist nachtbleich und friedlich und säuglingshaft, fast wie ein Mädchen sieht er aus. Ich mache magische Bewegungen, ich halte meine Hände über seine Stirn, über die Schläfen, über die geschlossenen Augen mit den langen Wimpern. Ich spüre seine Körperwärme in meinen Handflächen. Er spürt es nicht. Lautlos geborgen und im Schutz meiner Hände und der schirmenden Nacht liegt er da.

Ich esse die letzten Haribo, die braunschwarzbraunen Lakritzen, die mag ich am liebsten.

Sie fahren, ich schlafe, sie schlafen, sie fahren. Wir schlafen. Wir fahren über den Berg. Wir verabreden, uns in fünfzig Jahren wiederzutreffen. Ich bin einverstanden. Ich find's gut, aber ich glaube nicht dran. Entweder man sieht sich vorher oder nie. Also wahrscheinlich nie.

Meine Halbschwester öffnet mit dem Handy am Ohr. Dann versucht sie die Tür zu schließen. Ich stelle den Stiefel dazwischen. «Hau ab», schreit sie durch den Türspalt. «Willst du mich schon wieder umbringen?» Sie sieht aus wie ich. «Ich seh nicht aus wie du!», schreit sie.

«Ich will mit dir reden», sage ich. «Nur reden.»

Sie sagt, ich soll den Stiefel aus der Tür nehmen und drei Meter zurückgehen, dann redet sie durch den Türspalt mit mir.

«Ich bin nicht deine Schwester», sagt sie, «und ich sehe dir überhaupt nicht ähnlich.»

«Wer bist du denn dann?»

«Wir sind immer zusammen zur Schule gefahren. In Berlin.» Freundinnen sind wir gewesen, ich wollte immer so sein wie sie.

Während wir reden, wird sie immer einsilbiger. Ich höre, wie sie in den Gesprächspausen auf dem Telefon herumtippt. Sie spricht in einer Sprache, die ich nicht kenne, aber ich weiß, dass sie mit der Polizei telefoniert. Ich gehe.

32.

Ich liege im Gras und sehe zu, wie die Männer sich an ihren Seilen hängend den Hang hinunterstürzen, kaum kniehoch über die Wiese schweben, sinken, dann plötzlich wild in die Luft treten, auf den Fußspitzen trippeln, hopsen, das Gleichgewicht verlieren, umkippen und in ihre Gleitschirme eingerollt die Böschung hinunterkollern. Keiner flucht.

Aber alle zehn Versuche kriegt einer Aufwind. Mit angezogenen Knien trägt es ihn knapp über eine Bodenwelle, hinter der Klippe verschwindet er rasch aus dem Bild, einige Sekunden, dann taucht er aus dem Abgrund plötzlich wieder auf und wird über die Baumwipfel getragen wie eine bunte Blume. Aber die meisten kommen nicht so weit. Lange vor der letzten Welle taumeln sie, sinken, stürzen und werden unter Fallschirmseide begraben. Einer purzelt in seinem zusammengefallenen Schirm über den Hang. Einer bleibt in den Baumwipfeln hängen und muss gerettet werden. Und hängt dort noch, als ich gehe. Entweder es war nicht der Wind dafür, oder sie waren Anfänger. Zurück kamen sie alle zu Fuß.

Ich denke darüber nach, habe mein ganzes Leben darüber nachgedacht, wie ich mich umbringen würde, wenn ich mich umbringen würde. Ich würde Tabletten schlucken und mich dann auf den Rand eines Hochhauses setzen, damit ich runterfalle, wenn ich müde bin. Das wollte ich schon mit fünf. Ich meine, ich wusste, dass ich so sterben will: fallen.

Dann bricht die Sonne zwischen den Wolken hervor, es wird licht, und auf meinem Arm, auf dem mein Kopf liegt, zittert ein Weberknecht. Ich weiß, dass es nicht derselbe ist wie letztes Mal, und wenn er es ist, hat er die ganze Zeit auf meinem Kopf gesessen. Oder er ist mir hinterhergerannt. Ich stöhne und gebe ihm vorsichtshalber einen Namen, der geheim ist und den ich deshalb hier auch nicht aufschreibe.

33.

Vor der Balustrade erklärt ein Panoramabild die Berge. Ich lese die Namen. Der schönste Berg heißt Thannenkoppe. Er hat eine Spitze, auf der Schnee liegen könnte. Im Dunst ist nur unterschiedlich blaues Blau zu sehen. Alles gleißt wie der Himmel.

Von der Balustrade bis zur Kante sind es zwei Meter. Ich gehe mit ganz kleinen Schritten vor, schiebe die Stiefelspitzen bis vor an die Abrisskante und einen Zentimeter darüber. Mich schwindelt nicht. Und da stehe ich dann. Ich sehe durch die glasklare Luft in das Tal hinab, das so transparent scheint wie die Luft darüber, als habe man Durchsicht auf etwas darunter, und darunter ist nichts.

Und wie ich hinunterschaue, habe ich das Gefühl, dass ich das alles kenne. Dass ich das alles schon einmal gesehen habe, die Spielzeugbäume und -autos, ich weiß nicht mehr, wo, aber ich weiß, dass ich das alles schon einmal erlebt habe, dass ich genau hier schon einmal genau so gestanden und den gleichen Gedanken gehabt habe, nämlich den Gedanken, diesen Gedanken schon einmal gehabt zu haben, und dass ich genau diesen Gedanken jetzt wieder habe, und in diesem Moment ist plötzlich klar, dass das keine Erinnerung an diesen Gedanken ist und auch keine Erinnerung an eine frühere Erinnerung und auch kein Déjà-vu, sondern dass das einfach das ist, was geschieht, dass das mein Leben ist.

Der Abgrund zerrt an mir. Aber ich bin stärker. Ich bin nicht verrückt. ... Ich bin dieselbe. Ich bin das Kind.

Ich warte eine Stunde. Nichts passiert. Die Sonne scheint. Heute, morgen und übermorgen, ihr ganzes Leben.

Ich kontrolliere die P8. Ich drücke das Magazin raus, entnehme die Patronen, presse sie zurück.

Laden und entspannen. Laden und entspannen. Ich ziele auf die Sonne. Ich ziele auf die Federwolken und Schäfchenwolken, auf die Vögel. Ich fahre die unklaren Konturen der Berge entlang. Ich ziele auf die blauen Puschel, ich fahre den lichtgrauen Strich unterm Horizont ab, auf dem Spielzeugautos seitwärts kriechen und ohne Angst im Dunst verschwinden. Ich schaue in den Abgrund, genau über meine Stiefelspitzen hinweg. Ich halte die Waffe genau senkrecht hoch und sehe mit offenem Mund der Kugel hinterher, sehe sie steigen, sehe sie immer kleiner und kleiner und fast unsichtbar werden im tiefdunklen blauen Himmel, bevor sie sich aus dem Verschwundensein wieder materialisiert und zu fallen beginnt, millimetergenau zurück in den Lauf der Waffe.

Anhang

Zur Entstehung dieses Buches

Wer den 2010 erschienenen Roman «Tschick» gelesen hat, wird sich nicht nur an das Freundespaar Maik Klingenberg und Andrej Tschichatschow erinnern, sondern auch an das seltsame Mädchen Isa Schmidt, die dritte Hauptfigur des Buchs, wenn man so will.

Isa taucht zuerst auf in einem Entwurf zu «Tschick», in dem der Name noch mit Varianten notiert ist: «Müllmädchen: Isa, Ina, Ira, Isgard, Ivy, Inger, Ishi Schmidt». Dass Wolfgang Herrndorf ein reales Vorbild für die Figur hatte, ist in dem Blog «Arbeit und Struktur» nachzulesen, in dem er über sein Leben nach der schweren Krebserkrankung schreibt. Dort findet sich auch, unter dem Datum 19.6.2011, der früheste Hinweis auf den neuen Romanstoff, dem auf dem Fuß ein Dementi folgt: «Tschick-Fortsetzung aus Isas Perspektive angefangen. Mach ich aber nicht. Mach ich nicht.»

Zu dem Zeitpunkt war der Autor intensiv mit dem Roman «Sand» beschäftigt, der seine ganze Konzentration forderte. Wenige Monate später, im Oktober, wurde eine zweite Operation am Gehirn unumgänglich, und kurz darauf verletzte Herrndorf sich bei einem Fahrradunfall an der Schulter: Schreiben schien nun kaum mehr möglich. Doch schon bald nahm er die Arbeit am «Isa»-Text wieder auf. Es sollte, heißt es nun, ein Buch von kleinem Umfang werden, auch unter den bestehenden Bedingungen realisierbar, ein überschaubareres Projekt jedenfalls als der labyrinthische Wüstenroman.

«Isa bricht aus der Klapse aus und besucht Cantors Grab in Halle», so umreißt eine Mail aus der Zeit den Inhalt. Ein vor 2010 begonnener Science-Fiction-Roman war da schon «aus Kompliziertheitsgründen» ad acta gelegt. Stattdessen sollte es nun also die zweite Road Novel sein, nur eben diesmal eine zu Fuß.

Die Arbeit ging zunächst gut voran. Im Blog heißt es optimistisch:

> «Mit etwas Rumprobieren einen Ton gefunden,
> schreibt sich wie von selbst. Und praktisch: kein
> Aufbau. Man kann Szene an Szene stricken, irgendwo
> einbauen, irgendwo streichen, irgendwo aufhören.»
> (31. 3. 2012)

Es finden sich weitere Einträge zu dem neuen Stoff. Herrndorf sah Helmut Käutners Film «Unter den Brücken», dessen melancholische Schilderung des Binnenschifferalltags in dem Buch ein deutliches Echo gefunden hat. Und kurz darauf notierte er in der neu bezogenen Wohnung mit der Dachterrasse über dem Berlin-Spandauer Schifffahrtskanal: «Ach, ist das ein herrlicher Morgen, so kühl, so hell, so diesig und schiffbefahren.»

Doch schon wenig später verriet Herrndorf in einer privaten Nachricht, dass das vermeintlich überschaubare Projekt nicht so einfach umzusetzen war wie gedacht. Und seine Gesundheit verschlechterte sich zusehends. Im Juli desselben Jahres unterzog er sich einer dritten Hirnoperation. Wie schon zuvor stürzte sich Herrndorf unmittelbar danach wieder in die Arbeit, die ihm indessen immer größere Mühen bereitete. Auf Nachfragen nach dem neuen Roman antwortete er Anfang August in einer Mail resigniert:

> «Ich arbeite, ohne voranzukommen, 95-Prozent-Prognose: Isa wird nie fertig. Ich schreibe seit Wochen an genau derselben Stelle, an der ich einige Monate vor der OP die Arbeit unterbrochen habe, obgleich ich nur versuche, alles so hinzupfuschen, daß irgend jemand es fertigstellen könnte. Geht nicht. Keine weiteren Anfragen.»

Das war deutlich genug. Es wurde still um «Isa».

Herrndorf litt inzwischen so stark unter Konzentrationsschwierigkeiten und Erschöpfung, dass er mehrfach mit dem Gedanken spielte, die Arbeit am Blog einzustellen; er blieb nur dabei, weil ausgeschlossen schien, dass der Roman noch fertig würde. «Arbeit und Struktur» war damit

zum letzten Projekt bestimmt. Alles andere würde unvoll-
endet bleiben, und wie mit Unvollendetem umzugehen sei,
formuliert das auf den 1. Juli 2013 datierte Testament mit
unmissverständlicher Klarheit:

> «Keine Fragmente aufbewahren, niemals Fragmente
> veröffentlichen. Niemals Germanisten ranlassen.
> Freunde bitten, Briefe etc. zu vernichten. Journalisten
> mit der Waffe in der Hand vertreiben.»

Zwei Wochen darauf erfolgte ein medizinischer Befund,
der keinen Raum für Hoffnung ließ. Auch im Angesicht
des nahen Todes tat Herrndorf, was er vorher schon ge-
tan hatte: Er arbeitete. All seine Aufmerksamkeit war zu
dem Zeitpunkt auf die Buchwerdung des Blogs gerichtet.
Bei einem Besuch der Herausgeber zu diesem Zweck kam
das Gespräch auf den verworfenen Isa-Stoff. Was dann ge-
schah, schildert Herrndorf im letzten Kapitel von «Arbeit
und Struktur» unter dem Datum 27. 7. 2013:

> «Marcus, Passig, letzte Fragen zum Blog für Rowohlt.
> Passig liest die ersten zwei Kapitel von ‹Isa› laut vor.
> Die hab ich noch nie gehört, die anderen auch nicht.
> Gut finden sie's.
> Ich schreie und schreie und heule und tobe, und dann
> ist es vorbei.
> C. kennt's auch. Sie kommt morgen, um mir das
> kaputte Material vorzulesen.»

Wenige Tage später verschickte er an Freunde eine Mail mit einigen Seiten im Anhang und einer Entschuldigung: Noch nie habe er einen unfertigen Text aus der Hand gegeben, es sei ihm sehr unangenehm. Ganz offensichtlich war in der Zwischenzeit eine Entscheidung gefallen: «Isa» sollte veröffentlicht werden. Herrndorf bat um Lektüre der Passagen, die er schon mit seiner Frau Carola durchgearbeitet hatte, er bat um Vorleser, sprach von weiterem, ungesichtetem Material.

Der Wunsch nach einer Veröffentlichung des Romans war allerdings an eine Bedingung geknüpft: Als Fragment sollte das Buch nicht erscheinen. Herrndorf, dem es inzwischen gesundheitlich sehr schlecht ging, ließ sich vorlesen; weiter an dem Text zu schreiben oder auch nur in ausformulierter Form zu diktieren war ihm aber nicht mehr möglich. Die ausstehende Arbeit sollten andere an seiner Stelle tun: nicht durchgearbeitete Passagen ausführen, Lücken füllen, den Roman zu Ende schreiben.

Die Reaktion aller Befragten war einhellig: Eine Rolle als Koautor konnte und wollte sich niemand vorstellen. Alle vermittelnden Vorschläge – das Vorwort eines zweiten Erzählers, eine den Zustand des Textes erklärende Herausgeberfiktion, ein Nachwort – lehnte Herrndorf aber ab. Er verlangte weiter nach einem Koautor.

Der Text lag da in einer lückenhaften Form vor. Er enthielt Varianten von Szenen, Anmerkungen in eckigen Klammern, zwei Passagen, die nur dem Sinn nach diktiert worden waren. Am 19. August, eine Woche vor Herrndorfs

Tod, kam es zu einem letzten Treffen zwischen ihm, seiner Frau und den beiden Herausgebern. Die noch offenen Fragen zu «Arbeit und Struktur» waren schnell abgehandelt; den Autor schienen sie nicht mehr so recht zu interessieren neben der einen, wichtigeren: ob denn alle Anwesenden eine Veröffentlichung von «Isa» für machbar und wünschenswert hielten. Sie taten es.

Und so war die knappe verbleibende Zeit damit gefüllt, Übereinstimmung über die notwendigen Schritte zu erreichen. Erst nach längerer Diskussion akzeptierte Herrndorf, dass sich kein Koautor finden lassen würde, wenn jeder außer ihm der Meinung war, ein Buch von Wolfgang Herrndorf müsse von Wolfgang Herrndorf geschrieben sein und von niemandem sonst. Grundlage für eine Veröffentlichung sollte nun allein das vorliegende Material sein. Die Herausgeber würden redigieren, streichen, anordnen, zwischenzeitlich herausgenommene Passagen wieder einfügen, und am Ende sollte ein zusammenhängender Text dastehen, der vorhandene Lücken aber nicht verbirgt. Dazu ein erläuterndes Nachwort, das ganze Buch, so die Vorgabe, ohne jeden «Germanistenscheiß». Den Titel «Bilder deiner großen Liebe» legte der Autor fest.

***

Dem veröffentlichten Text liegt ein Manuskript von 95 Seiten zugrunde, dazu ein weiteres Dokument unter dem Titel «Verstreutes», das zusätzliche Szenen enthält. Mehrere

Kapitel waren schon durchgesehen und verabschiedet, in anderen fanden sich Varianten und Streichungen, Gefettetes, Kursives und Unterstrichenes, Anmerkungen in Klammern, diktierte Kommentare wie «Alles kürzer!» oder «Dialog schlecht», die zu berücksichtigen waren. Des Weiteren hatte Herrndorf Passagen aus Wikipedia und anderen Quellen zu Fragen der Pharmakologie, der Psychiatrie, der Astronomie, der Waffenkunde, der Mathematik- und Religionsgeschichte exzerpiert. Er hatte «schöne Wörter» notiert, wie zum Beispiel «Eigenmirage», ein Terminus aus der Waffenkunde, der das Hitzeflimmern des Waffenrohrs bezeichnet.

Das alles stand in dem Text, der nach dem verbindlichen Autorenwunsch zu einer linearen Erzählung werden sollte. Um dem Genüge zu tun, hatten die Herausgeber Entscheidungen zu treffen, die eigentlich allein einem Autor zustehen. Sie mussten an verschiedenen Punkten zwischen Varianten wählen, eine Reihenfolge festlegen, Kapitel zusammenführen. Sie machten aus zwei Lastwagenfahrern einen, schrieben an einigen wenigen Stellen überleitende Sätze in den Text. Möglich war das nur, da die Stationenstruktur der Road Novel keine rigide Chronologie vorgibt.

Es blieben genug Dinge übrig, die nicht zusammenpassen: Die Topographie mutet seltsam unbestimmt an in ihrem Wechsel zwischen Stadt, Land, Wald, Kanal, Gebirge. Mal heißt es, Isas Vater sei von einem Meteoriten erschlagen worden, mal hält sie ihn offenbar für lebendig genug, um in Sorge über seine Tochter zu sein. Doch das ist in den meisten Fällen erkennbar Autorenintention: Eine weniger verlässliche Erzählerin als Isa, die mit einem taubstummen Jungen plaudert und sich an Dinge erinnert, die nicht stattgefunden haben können, ist kaum vorstellbar. In einer nicht ausformulierten Passage des Ordners «Verstreutes» heißt es:

> «Isa erzählt einen erfundenen Traum, der direkt an die Handlung anschließt. Dann: Das stimmt aber nicht, und ich will nicht lügen. Ich sage, was wirklich war. Sie erzählt eine noch monströsere Version des Traums.»

An anderen Stellen wirkte es dagegen eher nicht so, als ob nicht zueinander Passendes beabsichtigt gewesen wäre. Wenn zum Beispiel von goldenen Weizenfeldern und Mähdreschern die Rede ist, obwohl Isas Wanderung nach der – auf Wunsch des Autors im finalen Text weggefallenen – Datierung im Frühjahr stattfindet, wenn Ende Mai eine Fußballmannschaft vor Sonnenaufgang trainiert, dann kann das nicht stimmen. Überhaupt ergaben sich die meisten Fragezeichen bei den Zeitangaben, obwohl Herrndorf sehr viel Wert auf die Feststellung gelegt hatte, der Text folge einer geprüften und lückenlosen, mit Mondphasen und Himmelskonstellationen übereinstimmenden Chronologie. Die Herausgeber haben Abstand davon genommen, diese Inkongruenzen mit Gewalt auszubügeln. Sie haben verschiedentlich Listen am Kapitelende beibehalten, als Teil von Isas Tagebuchnotizen. Sie verzichteten aber darauf, einen im Manuskript zu findenden alternativen Anfang einzubauen, der die Fiktion unterstützt hätte, der Romantext sei identisch mit dem Tagebuch.

***

Wolfgang Herrndorfs Wunsch, diesen Roman zu Ende schreiben zu können, hat sich nicht verwirklicht. Seinen Wunsch, jemand anderes möge ihn zu Ende schreiben, hat auch niemand erfüllen wollen. Und so bleibt «Bilder deiner großen Liebe» das, was der Untertitel annonciert: ein unvollendeter Roman. Ein «kaputtes» Werk, in dem der Leser den Autor aber doch findet – und nicht nur in der Figur des Mannes in der grünen Trainingsjacke auf dem Friedhof.

Marcus Gärtner / Kathrin Passig

Das Landschaftsgemälde auf dem Schutzumschlag ist von der Hand des Autors. Es hing lange Zeit schief, ungerahmt und mit der daruntergesetzten Zeile «Macht einem manchmal Angst: Die Natur» an der Wand über seinem Schreibtisch.